文春文庫

人情話 松太郎

高峰秀子

文藝春秋

芸人はお客が一ばん大切な筈だ。
聴く者がなかったら名人も上手もあるものか、

「鶴八鶴次郎」より

人情話　松太郎

川口松太郎先生にはじめてお会いしたのは、いまから四十年近い昔のことで、場所は新橋、演舞場の楽屋だった。

戦後、絵画のコレクターとして、また素人画家としても有名だったイギリスのチャーチル卿にあやかろうとして結成された素人画家の会「チャーチル・クラブ」の一員だった私は、メンバーの一人である新派俳優の伊志井寛さんを「寛ちゃんおじちゃん」と呼んで、家族同様に可愛がってもらっていたから、よく、新派の楽屋に遊びに行っていた。

その日も寛ちゃんおじちゃんの楽屋に上がり込んでお喋りをしていると、とつぜん、「伊志井寛さん江」と染められた楽屋のれんがパッとはねられて、「おつかれ！」という声と同時に色の浅黒い小柄な男性がスイッと入って来た。後に従った二、三人の演出助手が脚本を開いて土間に膝をつく。部屋子やお弟子さんたちが飛びあがって座布団を持ち出し、素早くお茶の支度をする。

座布団の上にシャキッとあぐらを組んだその人は、いきなり機関銃のようなべらんめえ口調でポンポンとダメ出しをはじめた。ダメ出しというのは芝居仲間の言葉で、演出家が俳優の演技に細かい手直しをすることで、初日の幕が開くと、二、三日は、演出家が楽屋をまわってダメ出しをするのが通例になっている。

「あッ、川口松太郎先生だ！」

私は思わず部屋の隅っこにはじき飛んでかしこまった。

それにしても、少しカン高い歯切れのいい口跡は胸のすくほど明快で、言葉に飾りや無駄がなさすぎるほどだが、そのくせ表情はやわらかく、言葉の裏には俳優への信頼といたわりがちゃんと用意されている……。こういうのを一目惚れとでもいうのだろうか、私はただ口あんぐりと、夢心地でその張りのある声に聞き惚れていた。

その夜、芝居がハネたあと、川口先生は伊志井夫妻を日本橋の「みすじ」という板場料理屋に誘い、私も御相伴で川口先生に御馳走になった。

以来、パーティの席上で、文藝春秋社恒例の「文士劇」の楽屋で、と、次第にお目にかかる機会も出来て、そのたびに気さくに言葉をかけてくださった。また、川口先生が劇団新派の主事のかたわら、「大映映画社」の重役も兼ねていたところから、映画出演の仕事を頂いたり、新派公演「櫻山おせん（水谷八重子主演）」の衣裳考証をおおせつかったり、と、徐々におつきあいが重なっていった。

私は、五歳にもならぬ子供のころから映画界の人込みの中で育ったから、人を見る目だけは相当なすれっからしである。自分の目でシカと見た人の他は信用をしない。女優という職業柄、いわゆるお偉いさんや有名人にはずいぶんと会ったけれど、川口先生のように自分に真ッ正直で気っ風がよく、そのくせホロホロと涙もろいという、まるで「江戸ッ子」を絵に描いたようなお方は、あとにもさきにもただ一人である。

人間には、「人生の師」とでもいうのだろうか、年に一、二度しか会う機会がなくても、「ああ、この世にあの人が存在しているのだ」と思うだけでも希望が湧き、心のよりどころになる人がいるけれど、私にとっての川口先生はその中の貴重なお一人である。

川口松太郎先生は、いまから八十五年前、つまり明治三十二年に浅草の今戸で生まれた。

「親は誰だか判らない。生れた時から生みの親はないのも同じだった。風説や伝説はあったがそんなものは当てにはならない。育ててくれた養父母にしても十四歳以後は親の家を離れて生活したので親子の情もうすかった。と、こう書けばずいぶん不幸な生い立ちのようだが、自分ではさのみ不幸とも思っていない。親なぞはあってもなくても、実父母であろうと養父母であろうとどっちだっていい。人間は孤独なものだと思う観念が早くから出来てしまった……」

と、御自分の履歴書に書かれている。

少年のころ、貧しい家の「口べらし」のために養父母のもとを離れて、というより放り出されて、自力で露店の古本屋を営んで、自分の口を養った。御飯に味噌汁、小皿に載ったわずかな漬けものだけが、生きるための最低の糧だったという。

十五歳のときに警察の給仕になったというが、書物の好きな川口少年はそのころから早くも娯楽雑誌に雑文を書いたり、宣伝雑誌の編集の手伝いをしたり、で、文学への夢を広げてゆく。

絵画や演劇に興味を持ちだしたのもこのころで、古本屋の店先に広重、名所江戸百景の「雷門」をみて以来、矢もたてもなく欲しくてたまらず、といって金はなし、それでも一年後にはようやく手に入れた、というのだから、マンガ本にかじりついてウハウハ喜んでいる現在のそこらのガキとはしょせんおつむの出来がちがうというところだろう。

十八歳。時代小説を書くために通っていた講談師の悟道軒円玉《ごどうけんえんぎょく》に見込まれ、口述筆記を引き受けるようになって、小一年ほど円玉の家に住んだ後、料理新聞社に入社、社宅に住んでホッと一息、ようやく人並みに遊びもおぼえ、友人も出来た。

よく学び、よく遊んでいたある日のこと、投稿を続けていた帝劇募集脚本に当選。一躍、作家としての地位を獲得して一路作家の道を歩むことになった。そしてそれから七十余年、川口先生が原稿用紙のマス目を埋める作業は、今日現在もなお続いている。

俺の人生なんか、どうってことはありゃしない。ゆきあたりばったりだったよ。若いころにはおもいっきり貧乏もしたけれど、貧乏をしながらも、けっこう楽しんでいたよ。俺は貧乏の仕方がうまかったのさ、とケラケラ笑う。

八十五歳の川口先生は、人生の達人としての魅力に満ちて、いっそう爽やかである。

小柄ながら、コリコリとひきしまっていた肉体はちょっぴりしなびて、脂っ気は少々ぬけたけれど、張りのある声とべらんめえ口調は、昔、演舞場の楽屋で聞いたころと変わっていない。

川口先生の身体を貫く鋼鉄《はがね》のように強靭なものはいったい何だろう？　ひと言でいえば、「人生に対する潔さ《いさぎよ》」ではないか、と私は思っている。

恥をかくのは辛いことさ。でもね、恥をかくまいとして、鎧兜《よろいかぶと》に身を固めてキョロキョロしながら生きていくのはイヤだよ。だから恥をかいたらゴメンヨってあやまって、〝二度ともうしないぞ〟ってさ。恥をかくのはイヤだけど、やむをえない恥だってかくさ、という川口先生の言葉には、イジイジとした暗さや気取りがみじんもない。

嘘のつけない人なのだ。

昭和三十年の春。私は、当時演出助手だった松山善三と結婚した。

女にとって、「結婚」は一大事業である。いささかのぼせ気味になっている自分一人の判断ではこころもとない。といって相談するにも私の周りには、あまり頼り甲斐のない養母が一人いるだけである。そのときも私は、この結婚は、なにがなんでも川口先生に彼を見てもらった上で決めよう、と思った。川口先生の「人を見る目」を、それほど信じていた、ということだろう。

嘘のつけない川口先生が彼を見て、一言、

「おまえ、よしときなよ」

とおっしゃったら潔く松山との結婚をあきらめたかどうか、それは分からないけれど、

「驚いたねぇ、おまえ、あの男はまるでおまえの亭主になるために生まれてきたみたいな奴じゃねえか、どこもかしこもさ、世の中うまくしたもんだ、と思った

よ。あんなのはおまえ、めったにいるもんじゃない。俺は賛成だ」

と言われて、即座に結婚の決心をしたことだけは確かである。

私は間髪を入れずに川口先生に仲人をお願いし、ついでに借金の申し込みをした。川口先生もまた、私のあまりの図々しさに度肝をぬかれたせいか、お金を貸してくださり、ついでにムコさんのモーニングまで作ってくださった。

世間の常識からすると、仲人というのは御夫妻と相場が決まっている。川口先生には三益《みます》愛子《あいこ》さんという奥様が存在しているから相場通りでいいのだけれど、松山のほうではお師匠さんの木下恵介先生に仲人をお願いし、木下先生は独身だから、仲人は都合三人というヘンテコなことになった。川口先生も木下先生も私たちにとっては大先生の大恩人だからお二方には是非仲人になっていただきたい、ということで、三益さんがハミ出て宙に浮いてしまった。結婚式場の麻布の教会には、川口先生が私と腕を組んで入場し、松山は木下先生と肩を並べて入場した。三益さんはわざわざ新調したという黒紋付を一着に及んだものの、ゆきどころがなくてウロウロしているうちに、「写真を撮らせろ」と、式場になだれ込んだカメラマンたちがひっくり返した花籠の水を、頭からかぶって濡れねずみ、というハプニングもあり、ヨメさんマッサオ、という一幕もあった。

三益愛子さんとは、映画の中で嫁姑の間柄を演じたりして、私もおつきあいは長かったが、川口先生との結婚生活は、あと僅かで金婚式というところで、呆気なく亡くなってしまった。川口先生の涙を見るのはなんとも辛いからしばらく御無沙汰していたけれど、最近は『愛子いとしや』をはじめとして、三益さんの知らない昔話などを次々と発表して相変わらずの勉強ぶりを発揮されている。

いや、まいったよ。このトシになって一人ってのはどうにもならない。おまえさんはうまい具合にトシを取ったねぇ。善ちゃんを大事にしろよ、というのが、久し振りにおめにかかった川口先生の第一声だった。

ろ

ところは伊豆山の温泉旅館。

この旅館の大浴場は何十段もある階段を下りた地下にある。松山と二人で川口先生の腕をとりながら浴場までたどりついたら、川口先生より若い私たちのほうがへたばった。

善ちゃん、一緒に入ろうや。でこ、お前さんも入れ。どうせ俺は眼が薄いんだからかまうことはねえだろう、三人で入ろう、と、川口先生はおっしゃった。私は一瞬びっくりしたけれど、素直に浴衣を脱いだ。

なみなみとしたお湯の上に、三つの顔が浮かんだ。六十一歳の松山、そして六十二歳の私。私たちの仲人の川口先生は八十五歳。

「ああ、いい気持ちだなァ、久し振りの温泉だ」

手拭でブルンと顔を撫ぜた川口先生の頰が上気してピンク色になった。

は

先生がお一人になられて、一番困るのはなに？　日常的なこと？

「いま、ここにひっくり返っていてね、いいなァここは、静かだし眺めもいいし、お風呂も結構だ。今度来るときに、誰か一緒に来る奴はいねえかな、と思ったよ。

ところがいないんだねぇ。俺たちの年齢にだね、相応《ふさわ》しい遊び相手ってえものは世の中にいないもんかねぇ」

いま、おつきあいは殆どなさらないんですか？

「おつきあいったってあんた、今更、二十一、二の子供を相手にゃつきあいは出来ないよ。つきあいの出来る相手ってものの限界があるんだよ、ねぇ。文学のわかる奴、演劇のわかる奴、美術のわかる奴、これ、みんなわからなくてもいい。なにか一つ理解して、趣味として持たない限りはつきあいようがないよ。それを除いちまった世間話なんぞ、そう長く保《も》つもんじゃない。

だから、芸術……芸術って言葉はあんまり好きじゃないけどさ、そこから離れたところじゃ生きていかれないことだけははっきりしているね。そうすっと、相手に制約があるんだよ。僕らの相手になる女っていえば、芸者、バーの女、……もう夜は遊びに出ないからバーも芸者もダメですよ。そういう点で、婦人記者なんてのは案外いいんだよ。ところがみんな結婚してやがら、亭主持ちだよ。別にねんねしてくれという意味じゃないんだけどさ、むずかしいや。家にいたってさ、そりゃ家政婦が御飯を作ってもくれるよ。でも、ただそれだけだろう？　不便だなあ」

不便だけど誰でもいいってわけにはいかない。誰かいないのかなってときに、チラッとのぞいてくれるような、そういう気働きのある……つまり先生をよーく知っている人じゃなきゃダメってことね。

「ああ、こんにちは、はじめまして、なんてのは、もうこの年になるとダメだ。かと言ってねぇ。風邪なんか引いて一人でポション、と寝てるときなんか、夜中に、俺大丈夫かな？　って思うときの心細さったらないよ。やっぱり女房というものは有り難いものだ、と、つくづく思ったよ」

ママとの結婚生活は何年でした？

「あと三年で五十年だったから、四十七年か。お互いに一緒にいるとわがままも出るけど、さていなくなられたら、いやはや……」

歴史だな、やっぱり。

一人では淋しくてたまらないんですか？

「あのねぇ、ふだんは一人のほうがいいんだよ」

仕事があるからね。

「なまじっかの者が出て来てさ、親切ごかしにいろんなことをされちゃかなわないよ。ただ、仕事をしてくたびれて、お茶のひとつも飲むときにだな……」

でも、先生のおっしゃることを聞いていると、ママには悪いけど、便利屋だな。

「男にとって女は、しょせん便利屋だ。

女房はなくちゃ困るし、ありすぎるとうるせえし」

ありすぎたからバチが当たったんだ。

「アハハハ、バチね……。なんであんなことしてやがったんだろう、俺は……。

四軒も家があってさ」

四軒？　お書きになったものを拝見すると、大体三軒だったよ。ママが御存命のころは。三軒と三人の恋人。

「四軒なんだよォ。つまり、ママの家も入れて四軒だ。でも、四軒いっぺんに出来たわけではないからね。初めは一軒だったのが二軒になり、三軒になり、……」

なに言ってるのさ。

でも先生、四軒まわって歩くの忙しかったでしょう？　一応は座敷にも上がるし、お風呂も入らなきゃならないし。

「忙しいったらありゃしないよ。もう。一箇所に二日だろう、二日目になりゃ行ってくるよって。これは当分来ないな、と思うからどこの家の奴もみんないい顔しないよ」

あたりまえですよ。

「どこかの家にいると、他の三軒の家のこと考えてさ、それの繰り返しでしまいにはどこにいるのも嫌んなっちゃった」

先生は優しいからね。優しいのか意気地がないのか知らないけど、やっぱり優しいんだろうなあ、とにかく好かれちゃうんだから……。

それにしても、四軒の家へゆくたびに、それぞれうまいこと言ってたんですか？

「言わないよ」

この鮭はうちのより美味いや、とか、その内あんたと正式に結婚するとか。

「言わないよそんなこと……うむ、言ってたかもしれないなァ」

言ってたのよ。向こうだって私のほうが三益さんよりいいと思ってるから、もしかしたら結婚してくれるかもしれないわって思ってたでしょう。

その四軒をまわりながら仕事をしてらしたんですか？

「ああ、してた」

大荷物じゃないの、仕事の物を持っていくだけでも。

「仕事のものなんか大してないけど、人間の荷物はね、生きて飯食うんだよ。ひととおりの荷物じゃないよ」

四軒の家を、あっちへ行ったり、こっちへ行ったり、女としては全く許せない。ケシカラン。とんだ源氏の松っつぁんだ。

「そうだ、許せないよ」

いったい御自分ではどう思っていたんですか。全部、同じように大切だったんですか？

「あのね、女は許せないかもしれないけど、僕はね、どの人に対しても全力を尽くしてますよ。経済的な問題でも、金が入ればみんな女に使っちゃった。家も建ててやった。そういう意味では悔いはないんだよ俺……ただ、ただそれだけでは駄目なんだ」

それだけでは駄目ですよ。言いのがれです、そんな。家なんか建ててくれたってなにさ。いま、夫婦の問題でもそうですよ。日本の夫っていうのはだいたいが月給袋をそっくり奥さんに渡すでしょう。それだけで、百パーセントとは言わないけれど、まあ八十パーセントくらいは、夫としての義務を果たしているつもりでいるんじゃないかしら。ところが奥さんのほうにしてみればとんでもないことで、月給袋なんか渡してもらったってそれほど有り難いことじゃない。いずれにしてもお金が掛かるところは掛かるんだもの。アメリカ人みたいに財布のヒモはきっちりと夫が握っていて、費用が要る都度、夫からお金をもらったっていいんです。そんなことより、もっと、夫婦としての会話、ふれあいが欲しいんですよね。でも夫は月給袋を渡すことによって、これほどお前を認めているんだから、よきにはからえ、ってところがあるのね。

「俺は決して、そういう意味じゃなかったな。もっと精神的な、キザっぽくなるけどさ、愛情とか、人情とか、そういうものは人間らしくやってきたよ」

でも、いくら誠心誠意つくしたって、根本がグラグラしてるからダメです。

「結果ですよ。ゆきがかりですよ。僕だってはじめから女房以外の女をこしらえようとしてこしらえたわけじゃないよ。でもなんかの拍子で好きになっちゃってね、もののはずみで縁が生ずるとだな、どうしていいかわからなくなるよ。男は勝手だね、女のほうはちゃんと決められたら我慢して諦めちゃうがね、男は我慢して諦めないとこがあるね」

だから先生、結婚しないということね。結婚しないで、一ダースでも二ダースでもいいから恋人を持てばいい。

「それが正しいかどうかね……どうも僕はそこのところが……どれが真実であるかという、真実というものが徹底してない証拠だと思うんだよ。一夫一婦が絶対に、結婚したら他の女に目をくれない人間に出来ていればいいけど、出来てねえだろう……人間がうまく出来ていないなんて言うと、また言いのがれになるけどさ。俺だって結論を言えば、なぜあんなバカなことをしていたのか……」

そうよ、四軒の家までブッ建てて、自分が苦しんで、よっぽど人が好いよ。

「やっぱりな、俺は人間が完全に出来ていないんだ、俺はそう思うよ。それだけだ。優しいとか優しくないとか、そんなこと問題じゃない」

それは女だって同じだけど。

「俺が歩いて来た人生を振りかえるとさ、いたるところに落とし穴があいてたね。ふっとその落とし穴に落ち込んじゃったら、そこからなかなかぬけ出せないというような……。落とし穴というのはやっぱり女だったよ。僕の失敗の歴史をずっと考えてみると、みんな女だ」

八

四十代から五十代にかけての川口先生は、仕事の上でも最高に充実した時期だった。私生活においても、充実というよりはハチャメチャに多忙をきわめていたらしい。

戦後、バーのマダムたちとの座談会で、

「……浮気というものは人に知らせてはいけない。これは文化人のエチケットだ。おれはあの女と浮気をしたと公言したやつがあったら、武士の風上にもおけない。浮気というものは、あくまでも人生の現実の裏であって、それが少しでも人に知れたり、人に分かったり、それがために人に迷惑をかけたりしたら、それはもう浮気ではない。浮気の本質をはなれるものだ……」

なんて言っておきながら、とうの御本人は本妻の他に三人も恋人を持って、都合四軒の家をグルグルまわっていたのだから、なんのこっちゃ、と言いたい。けれど、川口先生にしてみれば、どの女性とも「浮気」ではなくて「本気」だったから、家を建てることから生活費の配給、と、並大抵の苦労ではなかったらしい。作家としての地位もあり、経済的にも恵まれて、おまけに四人の女性に愛されるなんて、男冥利に尽きるじゃないか、と、世の男性は羨ましく思うかも知れないけれど、モノには限度があるようで、さすがの川口先生も身心共に疲れ果て、ついに五十九歳の十二月三十一日、つまり、六十歳になる一日前の大晦日に、既に四人の子供のあった三益愛子さんの家を、最後の安息所と決めて落ちついた。

明けて昭和三十四年一月元旦のお雑煮は三益さんと四人の子供たち、と六人の家族で祝ったが、それまでの元旦は「毎年、四軒の家でそれぞれの雑煮を食べていたさ」というのだから、さぞ胃がもたれたことだろう。四軒の家をあっちへ二日、こっちへ二日と泊り歩き、蟻地獄のような毎日にアップアップしていた川口先生を思うと、「道楽者、ケシカラン!」と怒るより前に、なにやらこっけいでたまらなくなるし、俺は、つまり人間が完全に出来ていないんだ、と例によって素直に言われると、さすがの私もグウの音も出なくなる。世にも珍しい徳を持ったお方なのだろう。

その名も「一女《かずめ》」と名づけた一女を持つ本妻と、三男一女の四人の子供を持つ朝子(三益愛子)、二人の女性の間でゆれ動く男の心を、その後の小説の中で、川口先生は、これも素直に書いている。

「お芙美さん」というのは、『放浪記』や『浮雲』の著者、林芙美子である。

……〝いい子になりたがるな〟とお芙美さんはいった。意識にはないのだが自然にいい子になっている。どっちにも不快感を与えまいとする考えが結局は間違いなのだ。そんな事の出来る訳はない、どっちを深く愛するかといえばやっぱり朝子を愛する。泰江には残酷だがこの実感に嘘はない。確かに朝子を愛している。泰江は従順で善良で女房としては満足だが、只一つのものが欠けている。それは芸術を理解しないということ、色町に育った過去の生い立ちが教養不足の悲命を持っていて、妻としては満足でも心の奥底に触れ合わない淋しさがある。芸術家の妻はなまじ文学など判らぬ方がよいという意見もあるが、長い生活の中ではそうはいかなくなる。理解し合えない最後の一点が辛い。彼の希望は贅沢かも知れないが、愛する者を理想に近い場所へ持って行きたい願いなのだ。

朝子は仕事の必要上脚本を読む。映画の為の原作小説を読む。多くの芝居も見る。雑誌に出ている戯曲も一応は目を通す。そういう積み重ねが何時とはなしに教養の真似事が出来上って、ある程度の話し相手にはなれる。問題はそこ

だ、話し相手になれるということ。時には厄介な事もあるが実生活の中に妥協点が見つけられる。風邪を引いて寝込むと、

「あたしが口述筆記をするから寝ながらいいなさい、字は下手だけれど」

と、机を持ち出して来る。彼は寝ながらしゃべり、朝子は忠実に筆記した。そのお陰で連載小説を休まずにすみ、風邪は引かなくても、疲れて書くのが厭になると口述筆記を頼む事が再三だった。朝子は厭がらずに喜んでやったし、終いには口述筆記ばかりになった一時期もある。自分で書いていると肩が凝って進行しない事がよくある。そういう時には何時も助けてくれて、仕事の協力者としても抜きさしのならない人になった。いい子になるまいとすれば泰江と別れて朝子一人の良人になるということだ。別れても泰江たちが今のままの生活をつづける限りは金銭上の保護をしなければならない。そうは思っても弱気の彼は泰江を不幸に落したくない。今のままではどっちも中途半端だし、三日目ずつ双方の家を往復する彼もその煩瑣に堪えられなくなり出した。

夕方から仕事にかかったが頭が重くて運ばない。もう一度お芙美さんに会いたくなって「一緒に御飯を食べないか」と女中を通じて聞かせた、すると、

「外へ出るのは面倒だが宿で食べるのなら賛成」

という返事が返って来た。彼はお芙美さんの部屋へ行って一緒に晩飯を食べた。もうその事はいわなかったしお芙美さんはにやにや笑っているばかり、二人とも目が赤くなっていて少し飲むと酔がぶり返して来る。

「さっきのいい子になるなという教えは身にしみました。自分もいい子にはなりたくないと思っています。然し今までの行きがかりがあるから今直ぐそうしろといわれても出来ない。でもいい子にならず、悪い子になって決着をつけたいと思う。有難う」

礼をいって頭をさげた。まるで生徒が先生の前へ出たように。お芙美さんはその頭を軽く叩いて、

「可哀想に苦労をしているね」

といった。いたわりを含む姉のような声だった。……

（昭和五十年『生きてゆく』より）

は

川口先生は、学校はどこまでいらしたんですか？

「僕は小学校しかいってないよ」

当時だと、四年制？

「私のときから六年になったの。でも養父が左官屋でそんなこと知らないから四年でいいやって洗足町へ小僧にやらされちゃった。

日用品屋だったけど、その店のすじ向かいに大きな牛肉屋があってね、俺が毎朝店の前を掃除しているのを見て、牛肉屋の親父があの子をうちへよこせ、って言ってきた。掃除ったって、そのころは自動車なんかないから荷馬車だろう？馬がウンコするんだよ。その馬のウンコを集めて捨てて、きれいに掃除するの。そいで、ついでに肉屋の前も掃除してやってた」

それが気に入られたんですね、小さいころから働き者だったんだ、先生は。

「あとで聞いたら、俺とちょうど同い年くらいの娘がいたそうだ。だから大きくなったら……」

めあわそうと思ったわけ？

「そうなんだ。世が世なら一生、牛肉屋の親父でさ、いらっしゃーい、だ。やなこった。

そこへさ、やっぱり小学校は六年だから、あと二年行かなくちゃダメだそうだ、って親父が迎えに来たから都合よく帰って来ちゃったけどね。

……あっちこっちへ小僧にいったなぁ。洋品屋、質屋、印刷屋、それから自分で古本屋になったんだ」

結局、自分一人の力でやるのがいいや、って思ったんですね。

「そうだ。どこへ行ってもつまらねぇ、と思っちゃったんだよ。

例えばさ、質屋へ奉公に入ってどうするか。質屋みたいな商売、大金がなきゃできないし、その店に頭禿《はげ》らかした番頭がいてね、晩酌一合飲むだけが楽しみで、女房も持てないでいるんだよ、俺もやがてあれになるのかな、と思ったらいやんなっちまった。洋品屋だって卸屋の使い走りみたいなもんだし、それから印刷屋は、あれはまあ、平台一台買えばいいんだから、やろうと思えば出来ないことはないかなぁ」

生意気ね、ふつう子供ってそこまで考えませんよ。ジイッと観察しちゃってサ。

「つまりボヤボヤしちゃいられなかったってことだ、なんとかしなくちゃ」

そして十四歳のときに古本屋を開いたわけですね。でもまた、どうして古本屋がよかったの？

「本が好きだった、ということもあるだろうね。新しい本が買えないから、しょっちゅう古本屋へ行ってたんだ。その内に古本屋のじいさんと仲良くなってさ、店はできないから夜店でやりたいけど、古本屋をやるにはどうしたらいいか、って聞いたんだ。いろいろ教えてくれてねぇ。とにかく和泉橋の古本市場へ行って残本を買ってこい、というところからはじまったんだ」

表紙のとれた本とか、屑本ですね。

「そうだ。市に行くには古物商の鑑札がいるからね。市がすいたあとで余りものをなァ、荒縄で縛って一山いくらで売ってるんだよ。それを二つ三つ買って古い乳母車に乗っけて浅草へ行った。あのころはどこへ店出してもよかったんだな」

でも、幾らかのショバ代はあったんでしょう？

「あ、電気代ってのがあった。それまではアセチレンガスだったけど、浅草に電気がきてね、雷門の身内の者《もん》が電気代を取りに来たっけ。三銭だった。

俺のこっち側が爪楊枝やでね、このくらいの木をポンポンと切って、小さく小さく割っていって、最後は一本一本削るんだ。あの木はなんの木かなあ」

くろもじでしょ。シャキッとしていいですよ、あの爪楊枝は。

「その削った奴をね、山のように積みあげてあって、客が買うとつまんで袋に入れて……」

汚いね。

「汚ねぇもんだ。こっち隣が……お前さんビリケンって知ってるかい？」

知ってる。キューピーじゃないの？

「そんなのじゃないんだよ。金物で出来て、ちっぽけな人形だ。西洋の福の神って書いてあったな」

キューピットのつもりかな。

「ああ、キューピットだな、あれは……それで俺はそのビリケンとくろもじ屋の間が空いてたから、〝ここいいですか？〟って言ったら、〝いいよ〟ってんで、そこへゴザ敷いて本を並べたんだ。

〝おまえ、素人だな〟、〝ハイ、今日はじめてです〟、〝そんなこっちゃ全然ダメだ。俺がこしらえてやるから待ってろ〟ってね。そういうところが下町の人は親切なのよ。どこかから古い戸板持ってきて、半分に切って、後ろからつっかい棒して」

ちょっと斜めに前を低くするのね。

「そして、桟のところへ本を並べるんだ。その中へ俺が入ってりゃ、なるほど店だよ」

「古本屋のおじいさんも、その夜店の人も親切でしたね。きっと川口先生が可愛くて利発だったたからでしょ？　江戸ッ子で明るいし。

「まあ、暗さはないよな。賑やか好き、お祭り好きね」

そしておせっかい、言わなくてもいいこと言ったりして、森の石松的ね。

「石松か、飲みねぇ、スシ食いねぇだ。それでどこか抜けてるよ、大抜けだ。何か嬉しいことがあると人一倍喜んじゃって。そういう点、大阪者は嬉しいことがあっても一歩下がって、まあ待てよ、と考える。だから俺はママと長い間暮らしている間にも、俺がむやみと喜んだりすると、お待ちなさいよ、もう少しよく考えてよ、なんて言われた。うーん。軽率な点はあるね」

軽率ですよ。四人も恋人持って、あわてふためいて四軒も家建てたりして。ジワジワ、ジワジワ考えてりゃそんな気にもならなかったのに。でも、私もそんな陰険なのは嫌いだけどね。いつまでたっても忘れずに人のこと恨んだりする奴がいるね。

「ああ、いる。嫌だよ、俺も」

人間って育った環境でずいぶん変わると思うけど、川口先生の楽天的なところは持って生まれたものかしら?

「とにかく、なんだね、考えてみりゃ俺は貰われっ子だったことだけはハッキリ分かっているけれど、いったいどれが本当の両親なのかよく分からないってな……まあ、あんまり明るい前半生じゃないけど、ちっとも暗くはならなかったよ。俺の、そういうクヨクヨしないところは一徳だったな。

クヨクヨしちゃいけないよ。ひがんだり、恨んだりってのは、俺にもあんたにもないよ。あんたも小さいときから親なんか何も縁のない仕事をしてきたんだからね。よく生きてきたよ」

私はそれほど苦労はしていないけど。家庭的には不幸だったけど、映画の仕事のほうはめちゃめちゃに恵まれていたから……どっちもダメだったらどうなったか分からないけど、よくしたもんですよ。

川口先生も一人っきりだったけど、私もなんでも一人っきりで決めていかなきゃならなかったから、クヨクヨなんかしているヒマなかった。

「飯食うんだって、食いかたがむずかしかったよ。古本屋してて、一日に二十銭儲かって、木賃宿に七銭払って、あとの十三銭で飯食うんだからなあ」

十三銭で何が食べられました？

「騎西屋って飯屋へよく行ったなあ。あのね、大きな鉄鍋に味噌汁がグラグラ煮えてるんだ。実が入ってない奴だ。それでテーブルの上に生ネギの切ったのが山に積んであるの、とんがらしもあった。沸きあがってる味噌汁を丼に入れてパッとネギを入れると、たちまちネギが煮えちまう」

利口ですね。はじめからネギを入れといたらクタクタになって不味《まず》いもの。

「ネギの味噌汁と丼メシとおこうこ。それで六銭だ。お昼は尾張屋のうどんを二杯。一杯一銭五厘だから二杯で三銭だろ、晩飯が四銭さ。騎西屋は安いし、それより食えないから、毎日毎日行ってた。そしたら、〝お前さん、なにしてるんだい？〟なんて聞かれてね。だんだん馴れてくると、煮物を一皿くれたりして……そういう人情があったねぇ。尾張屋も毎日うどんかソバだから、今日はどっちだい？　なんて言って、天カス、揚玉なんかをちょいと入れてくれるんだ。それがうまくてねぇ」

本当にいいな。天カスをちょいとなんて、いま、そんなのあるかしら？

「情だよね」

情です。人間と人間。

「元日にねぇ……どうしようかと思ったんだ。腹は減るし、しょうがねぇから騎西屋へ行こう、と思って行ったんだ」

元日、休みじゃないの？

「年中無休だ……。そしたらね、こんな大きな丼にね、こんな大きな餅を入れてね……お雑煮をくれたよ……おいしかった……」

先生、泣いちゃった。『小僧の神様』みたい、いまのお話。

「あのね、いま思い出したけれど、こんな涙ぐむような嬉しかったこと、その後、一回もないよ。ほんとにあのときだけだ……それから先は、いつだって戦ってるような感じだった」

そういう経験が知らず知らずに先生の中で育って、「人情馬鹿」とか、信吉ものに化けて作品になっちゃったのね。先生はガツガツして恵んでちょうだい、みたいな少年じゃなかったでしょ？　だからいっそう、そのお雑煮が美味しかったんだと思う。

「それから、これはあんたも同じだけれど、分《ぶん》を知っていたよ」

あ、それ、大事なことですね。自分に分不相応なことはしないってこと。背のびはつまらないし、第一くたびれる。

「ただねぇ。一番イヤだったのは、古本屋してたとき、小学校の同窓で一緒に卒業してた奴がね。中学校の制服を着て通るんだ。ああ、嫌だなァ、と思ってね。俺の本なんか買いに来なきゃいいな、と思って下向いてた。いい塩梅《あんばい》に寄っちゃくれなかったけど、あれはちょっと胸にきた」

いくら分を知ってるっていっても十四歳の少年だものね。イヤだったでしょ。

「ああ……恥ずかしかったよ」

でも先生、よくグレませんでしたね。ちょっとグレようか、と思ったことなかった？……

私はね、少女のころにあんまり養母が束縛するし、監視するし、息がつまりそうになっちゃって、ひとつ父《てて》なし子でも生んでビックラさせてやろうか、なんて、とんでもないこと考えたことがあるの。そのくらいのことしなきゃショックを受ける母じゃなかったから……。いまなら未婚の母なんて珍しくもないけどね。でも、いろいろと考えて、自分のソンだからやめちゃったけど。

「俺はまあ、グレようと思えばグレるチャンスはたくさんあったな……。例えばね、古本屋をしていたときさ、店先でスリの現行犯をみたんだよ。それを知りあいの老刑事に密告したのが縁になってさ、その刑事が、いつまでも古本屋なんかしてたってしょうがない。警察で給仕に使ってやるから、露店商人なんかやめろ、って言ってくれてね、俺、警察の給仕になったんだ」

忙しいのね。でもその刑事さんいい人だったのね。

「ああ、何の縁もない子供の将来を心配してくれてさ。あんな好意と親切心を、いまの警察官も持っているかねぇ。……ところがさ、警察の給仕になって三カ月くらいたったころ、道で一人の男に呼びとめられたんだ。そいつが例のスリ」

うわ。それで？

「俺、てっきり仕返しされるのかと思ったら、そいつニコニコ笑ってね。ちょっと一緒に来いって言いやがんの。俺はおっかねぇから、いま用事で行くところがあるから、用事があるならここで言ってくれ、ってさ。もう、ビクビクだよ。そうしたらね、お前は俺を密告したから小憎らしいが、みどころがある奴だ。だから警察なんかやめて家へ来いって。うまいもの食わして、月に十円ずつやるって」

今度はスリにみこまれたわけですね。

「そうだ。うまい話ではあるけれど、うますぎておっかねぇや。スリは、また来るからな、って帰っていったけど、俺はこわくてこわくて。スリがもう二度と来ませんようにって、真剣に観音様に頼みに行ったよ。さいわいにしてスリはもう来なかったけど……。だから、ああいうテに見込まれてもそこへゆかないだけの判断はあったんだね。しかし、あのとき十円の小遣いに眩惑されてあの道に入ってたらと思うとゾッとするよ」

スリにはならなかったけど、なにか悪いことしましたか？

「悪いこともしたなァ。法律に触れない一線のところで……あのね、郵便局の局員だったとき」

十四歳のころね。

「ああ、十四歳だった。書留を持ってくるんだよ。それをこっちが切手を貼ってやってハンを押す」

窓口をやっていたんですか？

「窓口もやらなきゃいけないんだよ。田舎の郵便局だから、電報ばかりじゃないんだ。それでね、切手代を受け取るだろう？　その金はもらっちまうの」

？

「郵便局にはさ、古切手がたくさん落っこってるのさ。あれ、郵便配達してる内にすれて落っこっちゃうんだな」

ノリも悪かったでしょうからねぇ。ははァ……それで？

「なるべくスタンプの薄い古切手をみっけて貼ってさ、その上にスタンプを押しちまう。せいぜい十銭か二十銭だったけど、みんなやってたさ。中には葉書かいてくれとか、表書きたのむなんてのもあるし。手紙まで書いてやることもあるんだから、まあ、このくらいいいじゃないかと思ってたら、みつかっちゃった」

みつかっちゃったの？　それで？

「クビになった」

オヤオヤ。それだけですか、悪いことしたのは。

「それだけだ。しかしね、お金を扱うという仕事はむつかしいよ。金を扱う銀行員なんか悪くなるの、無理はないと思うよ。金を扱うのは、どうもいけない」
そうですね、現金を眼で見るってことは、むつかしいですね。

――

十四歳の川口少年は、古い切手とスタンプを上手にあやつることによって、切手代をチョロまかした。他の人もやっているからいいじゃないか、という気持もあったのだろうけれど、やっぱり人様のお金をくすねた、ということは立派な泥棒行為である。
自慢ではないけれど、実は私も十二歳の少女のときに泥棒を働いたことがある。

当時の私は大森の六畳一間のアパートに養母と二人で暮らしていた。アパート代と生活費、北海道にいた養母の父親への仕送り、私の兄の夜学の学費、私のブロマイド用の衣裳費と撮影用の化粧品、その上、大森のアパートから横浜乗りかえで大船の松竹撮影所に通う定期券と、大崎の小学校へ通う二枚の定期券も買わなければならない。少女俳優の私の稼ぎではしょせんお金が足りるはずがなかった。

「今晩のおかずは一個一銭の精進揚げにしようか、三個で十銭のコロッケにしようか」と、市場の前で考え悩む生活であった。

母は、同じアパートに住む二人の大学生の食事、洗濯、アイロンかけのまかないを引き受けて、わずかな金を稼ぎ出し、やりくり算段に頭を悩ませていた。

私のランドセルには、教科書と安物のノート。あとは消しゴムのすりきれたチビた鉛筆の他は何も入っていなかった。大森の駅前に、いま思えばチャチな店だったけれど小さな文房具店があった。学校へ行きたくても映画の仕事に追われて一カ月に二、三回くらいしか通学のできなかった私にとって、その文房具店は正に夢の殿堂だった。文房具店には、私の欲しい物のすべてが揃っている。美しいノート類、三角定規、セルロイドの鉛筆箱、そして真っ白い消しゴム……。

「母さんに、消しゴム買って、なんて言ったら、母さんは困るだろうな」

と思うと同時に、私の指先は消しゴムにのびていた。文房具店のおじさんの姿はなかった。消しゴム一個を掌《て》に握りしめて店を飛び出した私は、息を切らせてアパートまでの道を走り続けた……。さて、その消しゴムを使ったのか、返しにいったのか、母に告白をしたのか、しなかったのか。私の記憶の糸はそこでプッンと切れていて、あとのことは何も覚えていない。

ただ「私は物を盗んだ。泥棒をしたのだ」という、消しゴムでは消えない思い出だけが、いまだに私の脳裏に、たったひとつの汚点となってこびりついている。

と

最近ようやく学歴有用、無用論なんてかしましいけれど、松下幸之助さんとか、菊田一夫さんなど、学校を出ていなくても立派なお仕事をなさっている方は多いですね。川口先生は小学校だけ……小学校しか出ていない、というコンプレックスを意識されたことはありますか？

「うん。ある時ね、丸善の社長、山種という株式会社の社長、それから松尾国三、……小学校しか出てない奴らだけが集まって、もちろん僕もその中にいた。でも、どうやら這い上がって世間の表面に出て来た人間ばかりが集められて座談会をしたことがあった」

どんなお話がでました？　そのとき。

「結局はだね。学校教育を受けていないことによるコンプレックスがある、ということと、それに負けまいとする、負けじ魂みたいなもの……そして、自分に学問の自信がないから、やっぱり、努力でこれをおぎなってゆくよりしょうがない……そんな話が出たね」

川口先生はどうだったんですか？

「俺はさ……なんとも行きあたりばったりで、天然自然に今になっちまったんで、学校へ行かなかったから努力するなんて、そんなことも意識にはなかったと思うよ」

意識はしていなかったかも知れないけれど、人一倍努力したもの。

「ああ、実際には、そうだったかもしれないねぇ。幾分はひがみ根性はあったな。バカにしてやがる、みたいな、ね。学校教育を受けていないことによる卑下はあったね」

私はもう、このトシになってもあんまり知らないことばかりで、おそろしくなります。若いときはそんなこと考えてもみなかったけど……。川口先生は御自分に自信があるからいいけどね。俺は俺なんだからしょうがねぇやってところがあるでしょう？

「まあ、そういう捨て鉢みたいなところもある。だから、いつだって、どうなってももともとだって気があるんだよ。ママともよく話をしたよ。なんとか今日まできたからったってあんた、もともと何もなかったんだからねぇ。無から有が出たみたいなものだから、もともとない、と思やいいんだって」

それは、私もときどきそう思う。ふてくされるわけじゃないけれど。

「おまえさんだって、そんなに大きな教育は受けちゃいないだろう」

小学校、女学校を通算して三カ月ってとこでしょう。でも小学校の卒業式には行ったような気がするの。「蛍の光」を歌ってね、みんな泣いているけど、私は全然涙なんか出ないんで困ったことを覚えているから……だって、先生の顔もロクに覚えてないし、なにか教えてもらったって覚えもないし、泣けませんよ。……いまでも、出来れば小学校からずっと行ってみたいと思ってますよ。

やきものの加藤唐九郎って人の本読んだら、〝学問がなくても学歴があればどんなところでも大手を振って通ることが出来るというようなバカなことはない。学歴があることと、学問があることは、まるで違う……〟って書いてあって、全くそうだって思いました。あの方もずいぶん苦労して勉強した人ですね。政治の世界にも頭を突っこんだくらいだから、ちょっとやそっとの努力じゃなかったでしょうね。

「あの人は本当の勉強をしているよ。僕たちはさ、経験による世渡りみたいなものだけど、彼はちゃんと本を読んで勉強してる。俺、あすこの家へ行って蔵書を見て驚いちゃったもの。大変な本だよ。あんたこれみんな読んだの？　ああ、大体読んだって言ってたもんな。いま独学でしっかり勉強するなんて人、いるのかね」

知らないけど、独学でガリガリ勉強して、どうする？　って感じじゃない？

「結果のほうを先に気にするか」

いま、若い人が一番なりたいのはタレントでしょ？　男も女も。それも歌手なら、いまはマイクがいいから、マイクを口の中につっこんじゃって喉だけで歌えるでしょう、そんな勉強しなくても。それが一番手っとり早いお金のとりかた、有名になる方法。

「僕らにゃとても聞いちゃいられないよ。舌ったらずでさ」

昔の流行歌手。例えば東海林太郎とか、霧島昇とか、上原敏とか、大勢いましたよね。みんな大学出たり、音楽学校を卒業して勉強してからだから、世に出るときはいいオッサンやオバハンでしょ？　聞くほうも安心して聞けるけど。いまは子供さんの時代だから。

「なんの苦労も修業もしないで、そういうものになろうったって無理だねぇ。まあ、そういう制度を作っちまった世の中に半分以上の罪はあるけど。だからあんた、出て来たって一年も保《も》たないよ」

そりゃそうです。十八歳か十九歳で一年間保つ内容があったら大変だ。二十年も生きてないんだもの。ピヨピヨしてて、愛だ恋だって歌ってもピンと来ないよ。

「それは歌うたいだけじゃないよ。文学の世界においてもだね。直木賞が年に二人出るだろう。芥川賞が二人。その他に文学賞ってのがむちゃくちゃにあるじゃないか。だからもう、ヒヨコヒヨコ出てきますよ。でも僕らが名前を覚えないうちにいなくなっちまう。早い、早い」

人間は誰でも一本だけはドラマが書けますよね、自分のことを書いて。けど、たいていはそれでお終《しま》い。息が続かない。だから頑張っている人は、やっぱりすごいですねぇ。

「一生涯、文学でちゃんと食える人間が、これから何人出て来るか……むつかしいねぇ。まだ歌うたいみたいなものはさ、つぶしがきくよ。田舎のバアみたいなところへ行って歌っても、何とか食えるだろう。文学はそうはいかないもの。脚本作家が出ない、出ないというけれど、芝居を書いたって食えやしない。簡単に世の中に出られて、名声が簡単に得られてという、それが一番危険だよ。学校だってさ、いまの教育制度ってものはバカくさいねぇ。なんの役にも立たないことを教えているだろう？　どうして役に立たないってことがはっきりわかってて教えてるんだろう。よしたらいいじゃないの。どっかの校長かなんかがさ、私んとこはこうして教えます、って、別の教科書で教えたらどうかと思うんだ……。

俺ね、いま、やっぱりありゃいけなかったたって後悔してることがあるんだよ。うちの子供たちにチョロッと、〝学校なんかどうでもいいよ〟って口すべらしたんだなあ。そしたらさ、どいつもこいつも一人として大学出やがらない。みんな途中でやめちゃって。これはえらいことになったと思ったけど、もう間に合わない。俺みたいにうまいこと世渡りができたからいいようなものの、なかなかそうばっかりはいかないからねぇ」

私は子供がないから分からないけど、子供って大変だろうなって思います。

「ああ、大変だ。子供については、俺は教育を誤ったような気がするねぇ」

でも、それは先生自身が鑑《かがみ》だからね。どこがどう間違いました？

「なんかこう……僕のところの子供なんか見てると、三十五、六になって気がついてるって感じだなぁ。

子供っていったいなんだろうねぇ。

子供が〝大麻〟の事件を起こしたときだって、あのバカ野郎が！　と腹が立つくせに、顔みると、もう、なんにも言えないんだよ」

先生は甘いもの。

「甘いかもしれない。それともうひとつは、自分たちが育ってきたようなことを言ったって、もう通らないという風な、諦めみたいなものがあったな」

だから好きなようにしろってこと？　子供の人格を尊重して。

「ウヘヘ、それほどでもないけどさ」

子供に人格もへったくれもないです。私は自分の経験から言うと、犬、猫みたいなものだと思うの。小さいころにビシビシやらないと、いつまでも部屋の中でオシッコするようになりますよ。仔犬だってピシッと叩いて〝オシッコは表でするの！〟って言えばちゃんと表でするじゃない。

私は子供のとき、大人が自分に対して本気か本気でないかをちゃんと見分けましたよ。この人甘ちゃんだね、とか、本気でモノを言ってるからこっちも本気で聞きましょう、とかね。子供は小さい大人ですよ。

「〝大麻〟のことだって、四人の子供の内、三人がやっちまった。でも彼らがどれほど本気で身に応えているかということ、僕は疑っているね、まだ世が世なら切腹ものだものね。

「そうだよ、切腹だ。ところがさ、身にしみているところがちっともないなあ。てめえの子供を悪く言うのは具合わるいけど。つまり、親はダメだ。やっぱり放り出すことが一番いいな。どこかへ放り出して他人にひとつ教育してくださいってね」

他人の釜の飯を食え、って言うじゃない。

「それだ、それだ。他人の釜の飯を食わせなくちゃダメだ」

でも行かないよ。自分の家、金あるから。

「つまり、暮らしに困らなくちゃ駄目だね。女でもなかなか嫁にいかないや」

道具屋や板前とかっていうのは、お金と関係なく修業に出ますけどね。子供に、ただなんとなく隣の釜の飯を食ってこいったって、隣も同じだったりして、甘やかすだけでね。

ねぇ、先生。昔は大人がよその子供を叱りましたね。

「ああ、よく叱ったもんだ」

いまは叱らないのね。叱るとその子供の親が逆に怒るもの。ヘンな世の中になっちゃった。自分の子供の悪いところを叱ってくれてありがとうって感謝しなきゃいけないのに。いまは「子供は国の宝」なんて言葉はないけど、昔も今も、他人の子供でも自分の子供でも、みっともないことはみっともないし、悪いことは悪いんだもの。社会の人間として、悪いことがあったら叱ったらいいんです。

私はときどきホテルのロビーとか電車の中を駆けまわって大声をあげるガキがいると、静かにしなさい、迷惑ですよ、って怒るの。そうすると、子供はビックリしてね、しばらく呆然としちゃうの。他人に叱られたことがないからでしょ。でもちゃんとおとなしくなるよ。

「僕なんか考えてみても、子供を叱ったってことはないな。なにかあったときには叱ったけれど。あぁしちゃいけない、とか、こうしなさい、とかって言ったことがない。ほったらかしだったな。うーん。

僕はさ、なまじっかの親の愛情だ、なんてものが邪魔してると思うんだよ。将来は、子供は国のものにするのが一番いいと思うね」

国のもの?

「国が教育するの。やさしい方法ばっかり選んでいると駄目になっちゃうよ。だから子供は金持ちの子も貧乏人の子も、生まれた子供はみんな国のもの。国が育てる、国が教育する、親は口を出さない。そういう時代が来るような気がしてならないんだ」

それもいいけど、すぐ来年からってわけにはいきそうもないな。私はね、成人式前の若い人たちにのべ一年間ボランティアをする義務を与えたらいいと思うの。三百六十五日の日付のある手帳を持って。時間のあるとき何時間でもいいの。養老院へいってお年寄りに本を読んであげたり、洗濯してあげてもいいし、車椅子を押してあげてもいい。保育園ならランチタイムに行って、汚れもの洗うのもいいし、子供と遊んであげてもいいし。そうして他人に接すると、イヤでも自分と対照してものが見えるし、人の痛みも分かるようになる。そうして三百六十五日全部シルシがついて埋まれば、はじめて成人になれる、っての、駄目かなあ。

「それも方法だ。ボランティア制度はうまく出来れば非常に結構だね。やはりどこかに厳しさっていうのが必要だよ。兵隊検査に代わるべき何かがあったほうがいいなあ。二十歳になって兵隊にとられてビシビシやられただろう？　たとえ、取られなかった奴でも、ああ、オラ助かった、とはいうものの、やっぱりあるひとつの厳しさってものを感じたものだよ。甘いだけではいけないよ」

例えば昔の家庭にしてもね。特別に厳しい躾ってことじゃなくて、家庭のルールで子供がそれとなしに感じて成長していくってことがありましたよね。食事にしたって、お父さんの前にはちょいと一皿余計につくとかって……それだけで、このお父さんはお金を稼いでくれる人だから特別なのよ、というお母さんの気持ちも分かるし、この人のおかげで自分たちが暮らしていかれるんだな、って子供も感じる。

まあ、いまみたいにお父さんが子供のおあまりのハンバーグ食べていたんじゃしょうがないけど。

「いまはそんな気持ちは持たないねぇ。御飯が出て来て当たり前だと思っているよ。ひどいのは、俺が生まれてきたくて来たわけじゃないよ。そっちが勝手にこしらえたんじゃないか、そういう考えかたの奴のほうが多いよ」

それは私だってそう思いましたよ、こっちが頼んで生んでもらったわけじゃないやって。……このごろの子供は食事のとき、頂きますも、御馳走さまも言わないんだって、信じられない。

アメリカでね、サンクスギビングにたいていの家庭で七面鳥を焼きますね。私も何度か御馳走になったけど。あの大きな七面鳥を、大きなナイフで切り分けるのは絶対にお父さんなのね。この部分は息子に、とか、皮のところは自分に、とか、そして大ナイフをあやつってるお父さんを、家族が目を輝かせて瞠《みっ》めてるの、とってもいいな。日本の、お父さんにはオカズ一皿サービス、と相通じるものがあって。

……でも、川口先生は甘すぎ父親だったけれど、子供さんが小さかったころは意識して一緒に遊んであげたり、自分で天ぷらをセッセと揚げて、さあ食え食えってさ、いいお父さんの部類よ。

「まあ、しかし、僕はね、子供の教育は全く誤ったねぇ。大間違いだった」

社会的に立派な地位を持ち、人間的にも充分尊敬のできる人物でも、こと子供に関する限りは全くのダメ親、という人は意外と多い。川口先生でさえも「子供の教育ばっかりは間違った。至らなかった」とガックリと肩を落とす。その姿を見て私は、親と子というのはいったいなんだろう？　と、今更ながら考え込んでしまう。

……三男厚が子供もある妻と別れる事件が持ち上った。子供たちの心配は何処までつづくのか、果てしもない。私たち夫婦は子供の結婚にも一切不干渉で、結婚にも離婚にも口出しをした事がない。当人たちの希望通りにして来たが、

「晶がうまく行ったかと思うと今度は厚だよ」

「どうして子供たちの心配が絶えないんでしょう」

「放任主義が悪かったかな」

「やかましくいえば反抗するし、放っておけば間違ってしまうし、困るわ

ね」

結婚のたびに相当の経費、離婚については子供の養育料、再婚には又もやお金、四人の子供のうち三人までが結婚、再婚をくり返している。

「許して下さいねパパ」

又しても愛子があやまる。

「ママが悪いわけじゃないよ」

「子供たちの失敗はママの責任のような気がする。そのたびにお金を遣わせるのでパパに悪くって」

「いいよ。ママの出演料で賄うから」

「足りるわけがないじゃありませんか」

「悪い子じゃないんだが失敗が多い。人生に対する観念が甘いんだ。もっときびしく考えなければ一生をやりそこなう」

麻薬といい離婚結婚といい、そのたびに多額の金が要る。

「俺やママが死んだらどうするつもりだ」

そういったところでどうしようもない。困れば親たちが何とかしてくれると思っている。その思い方に甘えの愚かさがあり、愛子の体を蝕む病魔も子供たちの不孝が原因の一つになったような気がする。……

（昭和五十七年『愛子いとしや』より）

川口先生は作家である。夫人の三益愛子さんは芸歴五十年を越える女優であった。お二人ともに若いころから世の荒波にもまれ抜き、それでも必死にぬき手を切って生き続けてきた「人生の苦労人」である。ことに三益さんは一時期〝母もの映画〞のシリーズで、ファンの紅涙をしぼった母親女優であったから、自分の育て上げた子供たちが、次々とひき起こす失敗には、身の縮む思いがしたことだろう。

麻薬事件で、川口家次男の恒《ひさし》の写真を新聞で見たとき、まだ十歳にもならぬ愛らしいチャック（恒のニックネーム）の面影がその写真にダブッてみえて、私の心は痛んだ。

私たち夫婦がまだ軽井沢に家を持っていなかったころ、夏場の松山の仕事場に、と、川口先生が御自分の別荘を開放してくださったことがあった。

「僕も三益も、この夏は東京で仕事だ。軽井沢には子供たちと女中がいるだけで空いてるよ。自由に使いなさい」

という御好意に甘えて、私たちは階下の一間をお借りすることにした。

軽井沢への出発の日、私は東京から「そちらへ着くのは夕方近くになりますので、どうぞよろしく」と電話を入れておいた。私たちの車がようやく高崎をすぎ、碓氷《うすい》峠にさしかかったのは四時すぎで、太陽は西にかたむき、空は紫色に染まっていた。窓から入る風が急に冷たくなった。

「もう一息で到着ね」

そう言いかけた私の眼の端に、チラリ！　と小さな男の子の姿が走って消えた。

男の子はガードレールにショボンと腰をかけ、足もとに自転車が転がっていた。

「チャックじゃない？　でも、どうしてこんなところにいるのかしら？」

全速力で車をバックさせた私の眼の前に、半ベソをかいたチャックが両手をダランと垂らして突っ立っていた。

「どうしたの、チャック」

「迎えに来たの」

「こんなに遠くまで？」

「もっと向こうまで行こうと思ったけど、くたびれてサ」

「それでガードレールに腰かけて待っていてくれたの？」

「そうだよ」

「よく来てくれたわね、こんなところまで……」

「僕、案内するよ。先に行くよ！」

チャックの泣いていた眼が急に笑いだして、チャックは元気に自転車に飛び乗って走り出した。私たちの車の前を、力一杯に自転車のペダルを踏んでゆくチャックは、ときどき振り返っては嬉しそうにニッ！　と笑った。

深夜。仕事に疲れた私たち夫婦は、寝しずまった川口家の台所を這いまわるのが気兼ねで、町で買って来た一升瓶のお燗もつけず、コップ酒のナイトキャップを楽しんでいた。

部屋のすぐ脇にある階段にハタハタと小さな足音が聞こえてくる。例によって、眠い目をこすりこすりオシッコに起きてくるチャックである。手洗いの戸を開けっ放しにしてオシッコをすませたチャックは、そのまま私たちの部屋に入りこんで来て、二人の間にペッタリと座り込む。

まだ十歳にもならないチビスケだし、半分は寝呆けているから私たちの会話など理解できるはずもない。けれど、小さな顔をあおむけて、松山と私の顔を飽きもせず、交互に眺めている。川口先生をそっくりそのまま小型にしたようなチャックがなんとも愛《いと》しい。その内コックリがはじまって、いまにも私の膝を枕にして、眠りこけてしまいそうになる。

「ホラホラ、チャック風邪をひくわよ。ちゃんと二階へ行っておやすみなさい」

小さなお尻を押し上げるようにして二階への階段を上る私の胸に、両親と離れて暮らすチャックの淋しさがひしひしと伝わってくるようだった。

「どんなに優れた父親でも、どんなに優れた母親でも、子供と離れている限り、親とは言えないのかも知れないよ」

東京で忙しく仕事をしている川口先生と三益さんに、私はちょっと恨みがましく一人言を呟いた。

私たち夫婦には、幸か不幸か子供が無い。若いころには、

「どうして子供を作らないんです？」

「お二人のお子さんなら、さぞいい子が出来るでしょうに」

「子供くらいいいものはないのにね」

「子供を持たないなんて、人間として僭越《せんえつ》だよ、君たちは」

等々、ウンザリするほど言われたものだった。どうして作らないかと言われたって、出来ないものは出来ないのだから仕方がないじゃありませんか。子供がいなくてお淋しいでしょうと言われたって、いる子供がいなくなれば実感として淋しいだろうけれど、はじめからいないのだから淋しいもへったくれもありはしない。子供を持たないのが人間として僭越ならば、子供を持っている人間のことごとくが僭越ではないとおっしゃるのですか？

そんなとき、私はすべての答えをグイと呑みこんで、ただニヤニヤと薄笑いをしていた。いうなれば「余計なおせっかい、放っといてェな」である。

ところが最近では、なんと、

「お宅、子供がいなくて、ホント、よかったわねえ」

「子供なんて苦労のタネですよ。ロクなことはない」

「子なしなんて羨ましいわ」

「子供なんて、生むんじゃなかったって、つくづく後悔しています」

と、こう来る。

人間ほど勝手なものはない。そんなとき、私は〝よう言うわ〟と心の中で呟きながら、やっぱりニヤニヤと薄笑いをするばかりである。

私は、四歳のときに北海道から東京に住む養母にもらわれて来て以来、三十歳で結婚するまでの間を、養母と二人きりで暮らしていた。そして結婚以後の三十年を夫と二人で暮らしている。父母、兄弟、子供、つまり賑やかな家庭とはとことん縁のない人間である。さぞ淋しいだろう、心細いだろうと他人は言うが、川口先生と同じように、小さいころから「人間はしょせん孤独なものだ」と思っているから、夫がいてくれるだけでもオンの字で、充分満足している。

当時、松竹映画で木下恵介先生の助手をしていた松山善三と結婚したとき、夫には相すまないけれど、私は内心「子供は生みたくない」と思っていた。子供が嫌いなのではなく、「私には子供を育てる母親としての自信が全く無い」というのが、その理由だった。

私は学校教育も受けていないし、映画以外のことはなんにも知らない出来そこないである。女房業だけなら見よう見真似で家事の真似ごとくらいは出来るかもしれないが、子供の躾や教育となると、問題は大きく変わってくる。割り算掛け算もロクに出来ず、バスや地下鉄に乗ったこともなく、地理オンチで一人歩きもしたことがない、赤ン坊より始末の悪い女である。

こんな母親に育てられる子供はそれこそ災難というものだろうし、私自身が無学無知蒙昧な養母に育てられたために、どんなに要らぬまわり道をしてきたかは、身にしみている。私は心底、子供が出来ることを怖れていた。

昨今、人気者の横山やすしさんの、「アホの親からはアホしか生まれやせんのや。アホはみな死んだらええのンや」という言葉は、私にとっては残念ながら実感である。

とにかく、私のようなトンビからタカが生まれるはずがない。たとえタカが生まれても私が育てている内に、トンビになってしまうだろう。

そんなことをグダグダと考えているうちに、私自身がどんどん年を取って、お母さんどころかオバアサンになり、「幸か不幸か子供がない」という結着にゆきついた。というわけである。このごろの、ナマイキで行儀の悪い子供を見るにつけ、もし私が子供を育てたらやっぱりあの程度にしか育てられなかったろう、とゾッとする。

最近の日本国は、全くなにからなにまでヘンテコだ。何をどう間違えたのか知らないが、思い上がって狂っている、としか思えない。

なかでも日ごろ眼に余るのは、子供にロクな躾もできないダメ親たちである。たまに、しっかりとした親に躾けられたいい子供がいるとしても、学校には親より数の多いワル友だちがいるから、子供は友だちに対するつきあい上？　親に対してつっぱりや意地を張るようになる。聡明な子供なら自分の判断でことの善悪を見ることができるだろうけれど、幼時から甘やかされっ放しではもう間に合わない。アメリカ人の子供教育は、六歳までに躾を叩きこみ、十二歳までに身体を作る、というけれど、いい習慣だと私は思っている。

敗戦後の一時期「ダメ子供が多いのは、戦後の生活苦や焼け野原になった日本国の再建に誰もが必死になっていて、子供の教育にまで手がまわらなかったからだ」などと言い訳めいたことが言われていた。敗戦後四十年経《た》ったいまはもうそんな言い訳は通用しない。

男と女が結婚すれば、二人の間に子供が生まれるのは当然のなりゆきだろう。けれど、子供が生まれることは、即、「夫婦に親としての立派な資格が備わる」ということではないのだから、お父さんやお母さんになる以前に、夫婦で話し合ってみてはどうだろう。

「自分たちには子供を育てる能力があるのだろうか?」

「バカ親（親バカではない）にならない自信があるのだろうか?」

ということを、チラ！　と考えてみるのも無駄ではないのではないかしら?

「最初からそんな自信があるわけないだろう」というならば、子供を育てる努力と一緒に、親としての自分も育てる気構えを持って欲しいと思う。それが、頼みもしないのに、このせち辛い世の中に生まれて来なければならない赤ちゃんに対する礼儀だ、と私は思っている。

日本人は昔から「根性」という言葉が好きだった。貧乏人根性というのは私のような人間に使われる言葉だけれど、映画、演劇、テレビジョンでも、いわゆる「根性もの」を扱って外れたためしがない永遠のテーマである。

例えば『忠臣蔵』。例えば『王将』。例えば『太閤記』。そして、川口文学においても、とかく流されやすい情を、辛くしっかりと支えているのは「根性」という感情である。『鶴八鶴次郎』『風流深川唄』、そして「信吉もの」と呼ばれているシリーズにも顕著である。

日本人が、思い上がって狂いはじめる寸前の、高度成長、太平ムードの寸前に、しばらく忘れられていた「根性」という言葉が復活したのは、御存知バレーボールの監督である「鬼の大松サン」によってであった。

その後も、野球の王貞治、角力《すもう》の高見山のおかげで、さいわいに「根性」という言葉は辛うじて生き長らえている。それにしても、王サンは中国人だし、ジェシー・高見山サンはハワイアン、共に日本人ではない。根性という日本の言葉まで外国人にお株をとられるとは、皮肉なことである。

「ホントウニ、オカシイネ。オカシイト、オモイマセンカ。先輩ニアタマサゲル。礼儀タダシイ。親ヤ、先輩ヲ、ソンチョウスル。コレ、ミンナ、アタリマエ。サイキン、日本人、オカシイデスヨ。イヤ、オカシイノ、日本ジャナクテ、ナンスカ、アンマリ自由スギテ、ジブン、忘レテル。タトエバ、イマ、国マモル人、イナイスネ。日本ノタメニ死ヌ人、イマ、イナイスヨ……」

という、高見山関の言葉が、ちょっと耳に痛い。

川口先生が一番はじめにお金っていうものを意識したのは、いつごろでした？

「生まれた日から意識してるよ。そりゃ」

まさか。でもあんまりお金に執着ないみたい。

「執着はないけど、金はやっぱり無きゃ困るからね。年をとってからあくせく仕事しなきゃ食っていけないってのは嫌だから。食っていける程度のものはなんとか残そう、という、老後の備えみたいなものは考えたよ。それ以上、金があったってどうするんだよ、今更……」

なまじあるとロクなことはないですね、お金って。

「そうだよ。猜疑心が強くなりますよ」

チャップリンの言葉じゃないけど、勇気とチャンスと、そしてサムマネーでいいな、と私も思ってます。先生は子供のころはひどい貧乏でかつかつに生きていらしたけれど、お金が入りだしたのは？

「三十すぎだ、……うーむ、やっぱり一生涯、女に金使っちゃったって感じがあるなぁ。俺は金についてもゆきあたりばったりだ。

例えばさ、梅原龍三郎の絵にしたって、ここにこう金があるから絵を買おうってんじゃなくて、梅原に夢中になってたころは、もう、なにもかも叩き売っちゃ、梅原の絵を買っていたなぁ。一番買いたかったのは梅原の絵だった。だんだん高くなって買えなくなっちゃったけどさ」

借金はしたことありますか？

「いま住んでる小石川のアパートになってる土地は大借金で買った。千七百坪なんだ。こりゃ大変だったたよ。何年間だったか忘れたけど、とにかく月六十万円の月賦だった。三益と二人でいっしょけんめい稼いでさ。月々六十万円を、ただの一度も三十日から遅れたことなかった。あそこに梅原の美術館作ろうと思ってさ」

そうそう、川口先生の持っている絵を入れて、誰にでも楽しんでもらえばいいっておっしゃってましたよね。「龍美堂」って名前まで考えて。

「だけど、建築の吉田五十八に相談したら、俺の持ってる金じゃ、とても建ちゃしない。建ててもあとの維持費が続かないってんで、ダメになっちゃった。ヘッ、つまらねぇことばっかり考えてやがる。

……それでさ、絵を残しておいたって今度は財産税で子供たちが困るだけだろう？　好きなのだけ残してみんな処分しちまった。見ると買ったときの苦労を思い出して癪にさわるから目つぶってさ。……もう、このトシになると何もいらないよ、欲しくないよ」

ある年齢になるとパタッとモノが要らなくなりますね。そう、五十までかな。あれが欲しい、これが買いたいってじたばたするのは……そういうときはモノを買うのも生き甲斐のひとつだけど。

「そうだよ。あるときから嘘みたいに何も要らなくなっちまうんだ。面倒くさい」

整理整頓の時代ってのか、モノがごたごたあると気になって煩わしいです。私ももうモノを増やさないようにしてます。

「金だってさぁ、なきゃないで方法があらぁ。ちっとも驚かない」

貧乏の経験があるとね。私も昔、パリへ半年行ったとき、日本へ帰って、もし女優として口がかからなかったら、家政婦でもなんでもやって生きていこう、って思ってました。平気だった。貧乏をした人間はガメつくなるけど、たしかに強くはなりますね。

「僕は居候の経験もあるよ」

居候してて、先生はとても気兼ねでしたか？

「あのね、とにかくいっしょけんめいに働いたよ。僕がいたのは小学校の先生の家だったけどね、その先生は昼間の学校と夜の学校と両方行かないと暮らしが立たないんだ。だから家へ帰って来るのが遅いよ。そして朝は寝坊だろ？　だから僕は朝早く起きてさ、飯たいて味噌汁こしらえて、おかずもこしらえて、それから先生の弁当もこしらえて。居候ったって書生だからね、うんと働いた。だから俺はいまだって飯たくのうまいよ」

それ、幾つのときでした？

「あれは……十三のときかなぁ」

その先生、家族はなかったの？

「そのときはね。つまり先生はね、僕が早くから家を離れて苦労してることを知ってるもんだから、〝俺がもし女房もらって一軒家を持ったら、お前を書生に置いてやる〟って約束だったの。田村ひろしっていう先生でね、だんだん偉くなって、最後はどこかの内務部長になって、満州だったかな？　それからどこかの知事になるはずだったなぁ」

どんな方でした？

「うん、もう全く苦学力行の人だったね。小学校の教員をしながら夜学の日本大学へいって、そして高等文官試験を受けて、通っちまったんだから」

真面目一方？

「本当に真面目な人。誠に僕とは関係のないくらい大真面目」

それで川口先生は尊敬してたわけ？

「夜学の大学へ行って、高等文官試験を通るというような、努力の人に対する尊敬は多分にあったなあ。あの家には半年くらいいたな。俺は警察の給仕をしながら置いてもらっていたんだ。その先生が文官試験が通って、どこかの田舎へゆくまで」

苦労しましたね、いろいろと。

「ああ、苦労っていうのもしょせんは結果だ。苦労しましょうって出来るものじゃないし。僕なんか貧乏人に育ったけど金持ちに育つとね、苦労の内容がちがうよ。だから例えば僕の物の考えかたと、うちの倅たちの考えかた、まるで違うよ。倅たちは食うための苦労はしてないからね。僕の苦労はとにかく生きるために、食うために、努力しなきゃならなかったってことだ」

その苦労が肥やしにもなったけど。

「そう、役に立ってる」

でも、苦労しても、その苦労が肥やしにならなくて、逆にイヤな人になっちゃうのもいるね。人相まで悪くなって。

「ああいる。そのほうが多いんじゃないか？　苦労がひとつも役に立ってなくて、苦労して成功したくせに、へんにケチケチしたりして……。

あのね、あるときさ、京都の大富豪の夫婦に会ったんだよ。

オヤオヤこんなところで、どうしました？　お茶づけが食べたいんだけど、どこかお茶づけ食べられるとこありませんか？　てんだ。
　まだ三益が生きてるころだったから、うちへおいでよ、茶づけぐらい食わせる。
あ、そりゃすみません。
　で、家へ来て茶づけ食ってさ、ほうれん草のおひたしどう？　って言ったら、
大好きだ。って、そうやって毎日毎日、一週間来てたな。で、
どういうお礼をしたらよござんすか？
君んとこは酒屋だから、僕は酒の粕が大好きだから、酒の粕が出来たときに送
っておくれ。
ああ、そんなことお安い御用。そんなことでよござんすか。
……それから十年経った、一回も送ってこない」
　そういうもんだ。
「そういうもんだ」
　ホノルルへ仕事で行ったとき、日本有数のお花の先生のお世話をしたことが

あったの。モーニングコールの電話かけるのから食事の世話まで……。とても感謝されてね。東京へ帰ったら一席おもちしたい。どこがいいかしら？　あそこか、ここか、とにかく帰ったら連絡させて頂きます。……電話なんかいまだに来やしない。別に御馳走になりたくはないけど。どこかでパッタリ会ったら具合悪かないかしら、なんて、こっちがハラハラしちゃうよ。そうしなきゃ、お金は貯《たま》らないんだね。

「情けないね」

でもねえ先生、ヘンな言葉だけど、金のない人ほど見栄張るね。貧乏人ほど高価な不釣り合いなもの持ってくるよ。金持ちからは何も来ないけど。

「世間じゃあ、僕のことを、道楽もので金使いが荒くて、だらしのない男だと思ってるけど、実際は違うよ。そんなことで、どうして今日まで来られるもんじゃないよ」

そうかってケチケチして人に迷惑かけたわけでもないものね。貧乏した人間の、用心深さってのはあるけど。

「ある。用心深くやってかなきゃ今日まで来られなかったもの。こんなことでいいのかなって反省しながら、無駄をしないように、無駄をしないようにって」

なんでもきちんと結着をつける。開けた戸はぴったり閉める。借金はチャンと返す。これはやっぱり私のような貧乏育ちの特徴かな。

「君にしても、それから僕も、自分で言うのはおかしいけれど、苦労はしたけど大きく曲がらずに来たということね。つまり苦労のし甲斐があったわけだよ。君だって苦労して自分を仕上げてさ。今日になってやっと幸せになっただろう。僕もまあ、どうにかこうにか今日を得た。……この幸せってものは、やっぱり苦労の陰にある。なんというかねぇ、幸運というか……」

そういうのは数少ない人間ですよね。苦労して、苦労のしっ放しで死んでいく人が多いんじゃないですか、いやな人でもないのに。

「いるいる、多いね。我々の仲間にだっているじゃないか」

川口先生は気前がいいけど、昔はやっぱりおごってもらいましたか？　お金のなかったときは。

「俺ねぇ、大体、人に御馳走になるってぇのはあまり好かなかったね。だから、人を御馳走することが出来なきゃはじめからそういうところへ出入りしないとか」

御馳走するのも、やっぱり生き甲斐のひとつかなあ……。梅原先生だっていつも御馳走するのは自分のほうって信じちゃってるところがあるのね。食事が終わると内ポケットからソロッとお財布を出して、私がその財布を受け取ってお勘定を払うんだけど……あんまり何十年も御馳走になりっ放しなので、いくらなんでも気が引けてね。あるとき松山と相談して、今日は私たちが御馳走します、って、うなぎだったか中国料理だったかどうせ安いものだったけど。そうしたら梅原先生が仰天してね、〝御馳走になった。すまない、すまない〟って何度も頭を下げるんで、こっちもびっくりして、すっかりコリちゃったの。あのときはほんと、おかしかった。いまはもう九十七歳におなりで、外に出て食べるということはないけれど。

「寝たきりかい？」

そうでもありませんね。一日に一度くらいは廊下をいったり来たり……。なにしろ、お眼が悪いから。眼が見えないから歩けないし、歩かないから歩けなくなるし……。

「あれだけの人がねえ。肉体というものはどうしようもないものだなあ」

川口先生が、一番はじめに〝老い〟を感じられたのはいつです？

「足だ。なんといっても足からくるよ。とにかく歩かなきゃ、と思っていっしょけんめいになってるんだ。……吉井勇のね、

〝われ今年　はじめて思ひあたりたり　無残なるかな老いてふものは〟

この歌は、やっぱりさすがだなと思って、忘れられないなあ。まったく無残なるものだ。どうしようもない。もう、あんた、私だってあと五年で九十だろう。

そこらでつまり、ガックリくるよ。うまく死にたいねぇ、ボケないで」

ほんと、ボケたくない。

「京都に〝ボケよけ神社〟ってのがあるよ、ボケよけ様」

ダメですよ、そんなの。

「ダメだろうな、参ったところで」

この間、何かの雑誌に、草柳大蔵さんが〝死に甲斐〟ってことを書いていた。

「死に甲斐？　なんのこった？」

こういう風に生きたいってのが生き甲斐で、こういう風に死にたいってのが死に甲斐。

「ああ、そうか」

例えばね、いつかホノルルで、川口先生と阿川弘之先生と、松山と私が食事に行こうかってなったとき、車の中で先生こう言ったよ。〝もう今後、俺は人に義理を作るのはいやだから、俺の金がある内は全部俺が勘定を払うよ。

君たちは絶対に金を払うな〃って。

「へーぇ、忘れた」

あのとき、なんだかみんなシュンとして、っていうより黙っちゃったね。あのとき私、川口先生はそろそろ死に甲斐の準備してるな、と思ったの。

先生はいつも自分のお葬式には絶対に嫌いな奴に来てもらいたくないっておっしゃってるでしょう？　あれも死に甲斐よ。

「僕、この間ねぇ。〃俺が死んでも葬式出すな〃って言ったら、浩が、〃そういうわけにもいかないよ。周りが承知しないって言うんだ。それじゃ俺、死ぬ前になったら葬式に来てほしい人の連名書いとくから、これだけ来てくれって。その他の奴は絶対来ちゃいけねえって書いとく、って言ったら、浩の奴、弱ってやがってさ、〃まあ、まかしといてよ、いいじゃないか。そのときはパパは死んじゃってるんだから〃なんて……。

なぁ、その通りだよ。もう、もう、やなこった。気に入らねえ奴が拝みに来たら、さぞ腹が立つだろうな」

一番はじめに来るよ、そういう人は。

「そうだろうねえ」

こんなでっかい菊の花かなんか贈ってさ。

「それから誰か死ぬとさ。必ずモーニング着て立ってる奴がいるだろう？　もう、かなわないねぇ、あれは」

梅原先生も、お葬式しないって、死者は生者を煩わしてはいけないって。

「梅原おやじもそうか。誰だってそう思ってるよ。心ある奴は」

言わないだけでね。

「俺は、三益が死んだときだって何もしなかった。坊主もいない。俺がお経をあげたんだ。だから俺は、俺のお経をテープにとっといて、俺が死んだときにそいつを……」

自分で自分のお経をあげる？　変わってるねえ。

「いいじゃねぇか。これ、ねーぇ。俺、九十になったら、〝お別れ会〟するんだ。それでハイ、サヨーナラでお別れだ。やっぱり葬式はやりたくないや」

ぬ

川口先生は、人を楽しませることの名人だ。子供のころから世間に出て、情に飢え、愛に飢え、食べるものにまで飢えている内に、いつの間にか、その辛さを錬金術師のようにカラリとした明るさに変える知恵を身につけたのかもしれない。話が深刻に落ちこむと、話題をサッと変えて、明るい方向に持っていく。パーティの会場に川口先生の姿が現われると、それだけで会場がパッと華やかなものになる。話上手の聞き上手だから決して人をそらさない。人間としての花と艶を、一度も失ったことのない羨ましい人柄である。

日本人はユーモアのある人が少なく、とくに人前へ出るとギクシャクする石頭が多いけれど、どんな人でも川口先生のべらんめえ口調に会うと、まるで催眠術にでもかかったように、川口ペースに巻きこまれてしまうのが面白い。

人をそらさぬ優しい気働きで他人をトリコにするもう一方の雄は、なんといっても、私が「女たらし」ならぬ「人間たらし」と敬愛する司馬遼太郎先生だ。こちらは江戸前のべらんめえではなくて、話の中にときおりやんわりとした関西弁をはさみながら、理路整然と人心に迫ってくる知能犯のおもむきがある。西は大阪に住いする司馬大関、東は東京に住いする川口大関、兵隊の位でいえば共に大将閣下である。

司馬先生の、川口先生に対する第一印象は、「直木賞選考などのてきぱきとした処理の手際のよさと、びっくりするような声の良さ」だったそうで、「川口さんという人は、きっと、この声のような人柄なのだろう、と思った」とのことだから、さすがに鋭いなァ、と感服する。

川口先生は昭和十年、芸道に生きる男女の機微を描いた『鶴八鶴次郎』で直木賞を受賞し、司馬先生は昭和三十四年に、当時はまだはしりであった忍者もの『梟の城』で直木賞を受けている。『梟の城』は題材も新鮮だったけれど、文章が明快、かつ切れ味がよく、なにしろ面白い。女の私も興奮して読んだけれど、司馬先生はこの一作で根強い男のファンを一気に獲得した。作品も、そしてお人柄も、人の心をつかんで放さない魅力を持った方である。

日本人の読書人口は約五千万人。世界でもトップクラスの読書好きな国民だそうだけれど、全く、読書ほど手軽に楽しめて勉強できるものはない。

学校教育も受けず、ただ活動屋の屋根の下で、ウロウロしていた少女のころの私にとって、止みがたい知識欲を満たしてくれる唯一のよりどころは、本屋に並んでいる本だけだった。本屋に走りこんで、まず物色するのは値段の手頃な岩波文庫の棚で、星が二つか三つ（星ひとつでたしか二十銭だった）の短篇集や詩集、エッセイのたぐいを手あたり次第に買って来た。文字通りの乱読で、なにがなにやら分かっちゃいないのだから、むずかしくて歯が立たないものはブン投げて、ただムチャクチャに読んだ。小遣いに多少余裕があるときには新刊書を抱えて意気揚々として本屋を出た。

内田百閒に夢中になりはじめたのもこのころである。とくに、私にとって青天の霹靂《へきれき》というか、夜も眠れぬほどにショックを受けたのは、北条民雄の『いのちの初夜』と、島崎藤村の『破戒』だった。

なにしろ、「辞書」などというやんごとなき物は、世の学問のある偉い人だけが使うもので、私のようなアホが、使うべきものではないのダ、と信じこんでいた。あやふやで分からない字があると、古新聞を持ち出してガサゴソとひっくり返して字を探す、というお粗末な私である。

『いのちの初夜』と『破戒』を読むまでは、ハンセン氏病も水平社も知らなかったから、心底動転し、いても立ってもいられずに、外へ走り出して何か叫びたい衝動にかられたほどだった。

敗戦直後の昭和二十一年の三月。東宝映画は、阿部豊演出、池部良の丑松、高峰秀子の志保で『破戒』を映画化することになった。

長期のロケーション撮影の現場は長野県である。六十余人のスタッフと俳優たちは、長野県の善光寺に近い宿屋に陣どって、朝は早よから撮影にせいを出した。阿部豊監督も相当なねばり屋だったが、小原譲二カメラマンはそれを上まわるスゴイ人だった。

「あの山の右上に、ポッカリと白い雲が出ない内は、カメラをまわさないからな」

と、カメラの後に腰をおろして腕を組んだままビクとも動かない。毎朝、毎日、ピッカピカの青天が続いたが、ポッカリ雲は出なかった。

五日経ち、十日経つ内に、丑松と志保のラブシーンの背景になるリンゴ畑のリンゴが一つ残らず地に落ちてしまった。それから後の、早朝ロケのロケーションバスの後方には、いつもうず高くリンゴ箱が積みあげられていた。助監督さんが、果物屋や八百屋を駆けずりまわって買い集めて来たリンゴである。ロケ現場に到着したロケ隊全員は、そのリンゴの一個、一個に折れ釘を差し込んで、リンゴの木の枝に、糸でリンゴをブラ下げるのである。白絣に木綿の袴の丑松も、桃割れに前垂れ姿の志保も、撮影前の小一時間ほどは、リンゴをブラ下げる作業で忙しかった。

その日もまた、夕陽が落ちるまで、ポッカリ雲は現われなかった。バスにゆられて山を下り、宿屋に帰った私たちを玄関で待ち受けていたのは、ロケーションマネージャーの大きな声だった。

「ゼネラルストライキです。ロケを中止して即刻ひきあげるようにと会社から電話が入りました。明日の午後に大会があるそうですから全員出席するように、とのことでした」

ストライキのために、なぜ折角のロケを中止して帰らなければならないのか、私には分からなかったけれど、撮影所に行ってみてはじめて事の重大さを知った。全東宝の人員、六千人の内の二百人の共産党員と、三百人のシンパの統制を受けて、撮影所は騒然としていた。撮影所の門にはバリケードが築かれ、昨日の友は今日の敵、内ゲバである。

映画人という人種は、単純なところはあるけれど、各人それぞれ仕事に自負を持つ一匹狼ばかりだから、いったんヘソを曲げたら最後テコでも動かない。そういう連中を十把ひとからげに一堂に集めて、圧力で押し切ろうとした共産党の態度はいささか見通しが甘かった。彼らの政治色が濃くなるにつれ、反対派の態度もいっそう強硬になって、押しあいへし合いしている内に、組合は四つに分かれてしまった。

東宝砧撮影所には共産党員に統制される三千人足らずの映画人が残り、「赤いスタジオ」と呼ばれるようになった。ことに昭和二十三年の労使闘争の激しさはすさまじく、占領軍のアメリカ第八軍から戦車、飛行機までが出動し、撮影所から組合員を排除するという大騒動になった。「来なかったのは軍艦だけ・東宝の大争議」と、新聞やラジオで報道された、戦後空前の争議だった。

組合からハジキ出されたのか、ハジキ出たのかよく分からないままに、一カ所に集まった私たちは、何時《いつ》の間にか百人を越え、二百人を越えて大きな集団になっていた。撮影所を取りあげられた映画人ほど始末のわるいものはない。

ようやく祖師ヶ谷大蔵の東宝の予備スタジオに落ちついた私たちは、「新東宝」という看板をかかげて、狭く不自由な職場で夢中になって映画をとりはじめた。『破戒』はそのまま立ち消えになってしまった。ロケーション撮影のラッシュだけは見たが、小原カメラマンが頑張っただけのことはあって、なんとも美しい画面であった。その後『破戒』は、松竹映画で木下恵介演出によって映画化された。東宝の専属俳優だった私は出演が出来なかった。

う

世間では、川口先生を人情話の開拓者、「人情作家」って呼んでいるけれど、

「人情作家」ってなぁに？

「勝手にしやがれ、と思ってるよ。人が何を言おうとも、自分で自分を、俺は人情作家だなんて、そんな馬鹿なこと言えないよ。あんまり嬉しいとは思わないね」

これは、『鶴八鶴次郎』や『風流深川唄』などが次々と新派で舞台化されて、人情の面が強調された、というせいかしら。他の人で人情作家っていわれる

人は、一人もいないものね。じゃ、「人情作家」っていうのは文学ではないんですか？　って言いたくなっちゃう。

「そうだよ」

じゃあ、文学ってのはなんなの？　一口に文学といわれるものだって、人情なしのものはほとんどありませんよ。どこまでが文学で、どこから人情作家になるんだろう？　この間、新聞で小松伸六さんて評論家が、川口先生のことを書いてた。最近の『三人オバン』や、『忘れ得ぬ人忘れ得ぬこと』をとおして、川口先生を〝脱俗の境地に入った夕映えの美しさ〟なんて書いてましたよ。それから、川口先生は久保田万太郎先生の面倒をとことんみたにもかかわらず、久保田は川口を大衆作家と蔑視していた。久保田の『末枯《うらがれ》』は純文学といわれるが、それなら川口の『鶴八鶴次郎』は不純文学なのか？　パ・リーグとセ・リーグの違いもないじゃないか、って。私も全くそうだと思う。

「大体、世間ってものは、あれはこういう人間だって決めたがるところがあるんだね。例えば井上靖はこのごろ中国文学研究家だとか、中国作家だなんていわれているわな」

『天平の甍』とか『楼蘭』とか、

「だけど別に、中国作家でもなんでもありゃしない。どう決められたって、文句のいいようがないよ。

俺はさ、読みものなんてのは、やっぱり、読んだ人が幾分か、なんかの意味で感銘を受けるなり、楽しむなり、なんかしなくちゃ意味ないと思うよ。だからどうしても、これ面白いかな、面白くないかな、ということを先に考えるね。自分勝手なものを書かないで幾分か読む人を楽しませよう、って気が頭から離れないんだ。……純文学の人たちはそんなこと考えないで勝手なものを書いてるけど」

でも、それがどうして純なの？　分かる奴だけ分かりゃいいさ、わしゃ知らん、て態度はちっとも純じゃありませんよ。

「楽しませよう、という雑念が入ると純でなくなるんだろう。僕がいま書いてる『一休』にしてもだね、禅というものはなんだろう、とか、どういうものが禅で、こういう場合は禅をこういうふうに解釈するという具合に、なるたけ分かりやすく書こうとしてるんだ」

どうして一休さんに惚れたんですか？

「僕が歴史上の人間に興味を持つのは、歴史的にあまりはっきりしない人間だな。なんとなく曖昧模糊としている……一休さんも曖昧だ。後小松天皇の子だといわれ、あるいは嘘だといわれて、それじゃ、墓へ行ってみると、宮内庁にちゃんと建っててさ。やっぱり天皇の子だったのか、ということになるし、そういう嘘と本当のないまぜが、我々にはどう書いても許される。まあ、こういうところだな。

それから、仏教というものは、僕の場合は美術から入っちゃったんで、本当の仏教信者じゃないんだが、仏様が好きになっちゃったんだよ。仏様ばっかり見て歩いてる内に、こりゃ何だろう？　こりゃ何だろう？　と思って、だんだん本を読んで……本の研究だから大したことはないんだけど、そういうことで仏教に興味を持ったことがひとつ。それから仏教によって、のちに我々に教えるような立派な人が出てきた。その立派な人に対する興味がひとつ……だから、『日蓮』を書いたんだ。

『一休』が終わったら『西行』を書きたい。『西行』を書いたら『良寛』を書こうか……と思ってる時分には、俺のほうが死んじまうだろうけどさ。

……我々庶民てのは、庶民と共に暮らしてくれた人がやっぱり好きだね。だから親鸞が好き。一遍が好き。高野上人が好き、というふうにねえ。庶民と一緒にあった仏教徒でなければつまらんねぇ」

「なしだなぁ」

川口先生は、宗教はどうなの？

だって昔からお経をあげてるんでしょう？　ただ、運動のためだけですか？

「うん。どっちかっていえば、宗教はあるなぁ。仏教は信じますよ。けどさ、何宗っていうのは嫌いだねぇ。他宗をむやみと悪く言うのも気に入らない。なんだっていいじゃないか、それがいい宗教ならさ。僕だっていい宗教ならいいよ。心のよりどころが欲しいよ……。

あのね、美術クラブの売り立てに行ったんだよ。そしたら、観音様が二体あったんだよ。興福寺の千体仏だ。片っぽうは両手が折れてて、片っぽうは片足が折れてた。その当時の金で千円だった。相当なもんだ」

当時って、いつごろ？

「戦争ちょっと前。千円てばあんた、うまくすりゃ家が一軒建つよな。……そしたら吉川英治さんが来たんだよ。〝いいなあ、千体仏だ。よく出たなあ〟ってね。僕、〝吉川さん、あんたどっちでもいい方をおとりなさい。僕が残ったほうをもらいます〟って言ってね。二人で買って、仏師にたのんで手足をつけてもらったの。

……観音様ってのはねえ、僕、浅草の生まれでしょ？　僕が手を合わせて拝んだのは浅草の観音様だけなんだ。だから観音様に対してだけは、子供のころから持っている信仰があるわけなの。いまだに浅草の観音様にはおまいりにいってるけどね。それでさ、じゃ、観音経ってのはどんなものかと思って読んでみたら、これがまるでつまらねぇんだな。観音様を信じれば怪我がなおるとか、船で沈んでもお前は助かるとか、バカバカしくて読んじゃいられないよ。だからね、僕、そういうバカバカしいとこみんな取っちまって、我説観音経ってのをこしらえちゃった。それを読んでるの。僕がトシをとっても割と声が大きいのは、毎朝、大きな声でお経を読んでるからだ」

久保田万太郎先生は川口先生の作品を大衆小説だってきめつけたけど、おおむね嫉妬じゃないの。でも、ああいう大物に妬《や》かれるとコワイねぇ、ろくに口に出さないでジワッと妬かれるの。

「ああ、まるっきり、やきもちだったなぁ」

ああいう江戸ッ子もいるんだな……川口先生にはあまり嫉妬心がないみたい。

「まあさ、ちょっと感心させられたりして、やりやがったな、と思うことはあるけど。どうせ長くはない。……大衆小説ったってさぁ、僕らのような作家は、大衆から離れろったって、できない相談だよ。楽しませちゃいけないみたいな考えかたは、僕は間違ってると思ってるから。……だからまあ、理想的なのは、どんな人が読んでも、どんな高尚家ぶってる人が読んでも、一応は納得できるもの。ミーちゃん、ハーちゃんが読んでも楽しんでくれるもの。それが理想的だ。例えば、漱石の『坊ちゃん』。誰が読んでも面白いじゃない。藤村の『破戒』にしたってそうだ」

人間の情愛のあるものだけが強く残っていますよね。外国のものだって、いま残って読まれているのは、みんな情があるものばかりだもの。ビクトル・ユーゴーの『レ・ミゼラブル』だって、牧師さんとジャンバルジャンの情だし、オー・ヘンリーだって、サマセット・モームの『雨』だって、みんな情じゃないの。ただ気取ってて、わけの分からないものは残らないよ。

谷崎先生の『春琴抄』、川端先生の『雪国』、織田作之助の『夫婦善哉』、林芙美子の『浮雲』……みんな情だらけじゃないの。

「人間の、つまり一番誰しも共通に持っている感情ってのは、愛情でしょう？　そこから離れてしまうとどうもねえ。離れていいものもなきにしもあらずだけど、人間の情、情痴というものから離れると、やっぱり作品が冷たくなるわね。さりとてさ、うっかり情に溺れると、安っぽくなる。そこのところが難しい」

人情もので品がなかったら、それこそ大変だ。川口先生の文章っていうのは、贅肉がなくって、キリッとしていて、品があって独特だけれど、文章の上でどなたかの影響を受けましたか？

「いつだったかな？　何かの会のときに里見が酔っぱらって来てね。僕が何かに〝里見の文章を真似て書いた〟って書いたらしいんだな。そしたら、川口はあんなことを書きやがったけれど、俺の文章なんかちっとも真似てやしない。川口は川口独特のものだってことを言ってくれたことがあった」

でも、そういえば里見弴先生の作品も、うまく言えないけど、男らしい芯《しん》の強さ、ある潔癖さみたいなものがある。

「うん。相通じるものがありますよ。文章的には里見に一番影響されてる。久保田の影響もないとは言わないが、久保田よりは、里見、谷崎の影響のほうが大きいな」

里見、谷崎、みんな女性が登場しますよ。情もあるよ。

「女の出てこない小説ってのは、まず無いだろう」

たまには……五味川純平の『人間の条件』。あの軍隊ものの大長編。いや、やっぱり出てくる、梶二等兵の奥さんが……。井上靖先生だって、『青衣の人』とか『通夜の客』とか、少しさっぱりしてるけど女性が出てくるし、硬派の司馬先生の作品にもチラッと恥ずかしそうに女性が出てくるよ。川口先生の女っていうのはさ、みんなおきゃんで気っぷがよくて、もの分かりがよくてさ、なんとなく着物の柄まで見える感じ。つまり、川口先生の理想の女性なんですね。

「どうもさ、類型的で、またしてもになっちまうんだ。作家というのは、自分の胸の中にあるものから離れられないね」

いいです。顔だってひとつしきゃないもの。……あのね。亡くなった小津安二郎先生が、しみじみと言ってらっしゃいましたよ。俺は豆腐屋で豆腐作るのが商売なのに、豆腐はもういいから今度はガンモドキ作れって言いやがる。そうはいかねぇや、俺は豆腐が好きなんだ。死ぬまで豆腐を作り続けていくんだ、って。立派だと思いましたよ。そのとき。

「ああ、立派だ。そして、チャップリンの〝ネクスト・ワン〟て言葉は、僕、忘れられないよ。俺だってもう何十年もネクスト・ワンだぜ。人生って、そんなものじゃないのかい？

……この間ね、テレビでお前さんの『二十四の瞳』を見てさ、ああ、デコはこれ一本で満足だろうと思って、ちょっと羨ましかったな。ああいう映画はザラに出来るものじゃないよ。心を打つしさ、俺、感動したよ」

私は、ただ出演しただけでどうってことないけど。作品としてよかったですね。情もあるし、へ理屈はこねないし……。私ね、あんまり理屈っぽい映画に出ると、なんだか自分でテレちゃって、恥ずかしくなっちゃうの。くすぐったいの。

「なんでもさ、悔いのないものがひとつ残ればいいよ。人生は大体悔いばかりだよ。後悔して、後悔して、でも、至れり尽くせなくて死んじまうんじゃないか？人間てのは」

時間切れで……。

「そうかって、いいかげんにやってるわけでもないんだが……少し時間が経つと、欠点ばかり見えてきてしょうがねぇや。しかし、小津安二郎、成瀬巳喜男、それから溝口健二、惜しい奴がみんな死んだねえ」

川口先生、太宰治はどうですか？　文学傘下での破滅文学。

「あれはひとつの天才ですよ。太宰治があの年で、あれだけのわきまえを持つということは。ちょっと我々にはできない。偉いと思うよ。破滅文学っていうけれど、僕はそう思っていない。まともな奴のほうがよっぽど破滅より感心しないや」

結核だったでしょう？　彼は。

「そう、肺病で、もっとなにかあったんだろう」

それこそ、あっちの女性、こっちの女性で間に合わなくなっちゃったんじゃない？　ふっと、もう、ここまで、って感じになったのかな？　あの人も優しい人でしたね。

「大変に人を恋しがる人だったねえ。僕の家へきたとき、それじゃ僕、仕事があるから失敬するよ、って言ったら、俺を見捨てる気か、って怒ってね。それで、そばについてる女の子が三十分おきくらいに注射してるんだ。なんの注射だか知らないけど……」

太宰治の最後の作品、遺作になった『グッド・バイ』。新東宝で映画化されましたけどね。あれは私に書いてくれたの。でもね、半分書いて死んじゃったの。少し無責任だと思わない？

「アハハハ、そうだねえ」

みんな首を長くして、ひたすら本が出来てくるのを待ってたのに死んじゃって、本当にびっくりしました。でも半分は出来ていたから無理矢理に結末をつけて映画にしましたけどね。相手役は森雅之さんで。

打ち合わせのとき新東宝が御馳走したのよ。戦後で、まだものがなかったときで、鎌倉の料亭まで行ってね。お酒をずいぶん飲んだけど、お客様の太宰さんが帰らないの。私は次の朝また仕事で早いし、みんなで〝帰ろう、帰ろう〟って玄関へ押し出したら、うしろを振り向いて女中さんにこう叫んだよ。もっと酒飲ませろい、ケチ！　って……。たしかにアル中でしたよ彼は。半分だけ書きかけの本を読んだらね、主人公の女性は小さな丸顔で手首が嘘みたいに細くって、なんて、ちゃんと私を観察してたのね。惜しい作家でしたね。

「あれも、もののはずみだと思うねえ、僕は」

山崎富栄って女の人にひっぱられて、ズルズルって川に引っぱり込まれたのかしら。

「ああ、有吉はいったいどうしたんだ。自殺じゃなかったんだろう？」

ええ。薬物も出なかったし、亡くなる一カ月前くらいからお酒も薬もやめていたっていうから。

「そうかい。俺は有吉がまだ吾妻徳穂の付き人をしていたころからお佐和、お佐和って呼んでたんだが、最後に会ったのは十年くらい前で、ゴルフ場だった」

私は、昭和四十二年の『華岡青洲の妻』と、四十八年の『恍惚の人』の映画化で、有吉さんからじか談判でひっぱり出されたんだけど、当時から異常体質でしたね。朝の七時に大きなビーフステーキを食べたりして……夜の食事は睡眠薬だけなのよ、なんて、ヘンだった。

「心臓麻痺だったのか」

ということになっていますね。私は有吉さんが亡くなったとき、ちょうどホノルルにいたんですけど、ニュースを聞いて、やはりショックでしばらくソファにひっくり返っちゃった。自殺じゃなければいいけど……って。あの人はボルテージが高くて戦闘的で、とても気が強くみえたけど、やっぱりお嬢さんらしいモロいところがあったと思うんです。あんな人が、自殺を考えて、明日死のうか、今日死のうかなんて考えてたとしたら、苦しかったろうな、って、かわいそうで。

「あれだけの才能を持ちながら、惜しいもんだよ。心臓麻痺っていったって、心臓を悪くする条件を重ねていたわけだからねえ」

ふつうの感覚、例えば、川口先生とか私なら、人に何を言われようと、ささいなことなんか気にしない。言う奴には言わしておけってところがあるけど、彼女にはどれもこれもがまんがならない。侮辱されたとか、プライドを傷つけられたとかって、カーッ！となるんですね。でも、自殺じゃなくて救われた、よかったです。

「惜しいのがみんな死ぬねえ、川端も死んじまったし、なぁ。あれも哲学的な意味で自殺したんじゃないと思うよ。みんな何かと意味づけしたがるけど」

臼井吉見の『事故のてんまつ』にもありましたね、少女がどうとかって。いろいろ書いてあったけど、あんなの嘘だ。なんだか薬をしょっちゅう飲むからいけないって、奥さんが薬をかくしたり、水に流しちゃったりしたんで、仕事部屋を借りて、そこへ行っては薬飲んでたって話もありますね。

「少女がどうとかってのは嘘だなあ。そんな男じゃありませんよあの人は……もっとふてぶてしいよ」

ふてぶてしいけれども、ノーベル賞をもらってかなりの重荷になったんじゃないかしら？　これから何かしようってお年じゃなかったし、ノーベル賞に見合うほどの仕事をするにはファイトがないし……とにかくあんなでっかいメダルを胸にぶら下げて帰って来た以上、毎日頬杖ついて庭眺めてるわけにもゆかないですよね。

字一つ書いても、一字五万円で、二字で十万円だったもの。字ばかり書いて、それがどんどん売れちゃって……もう、なんか疲れちゃった。はかないね、もう、ここまでだ、と思っちゃったのかしら？

「つまり、君の言うねえ、これから先どうしよう……面倒くさいのがひとつ、重荷がひとつ、この重荷は大きいよね。僕はねえ、川端の追悼会があったとき、そんな意味のことを喋ったんだよ。でも、あんまり受けなかったなぁ」

川口先生はずいぶん早くから、名声があったでしょ？

「そうでもないよ。下積みは長いよ。やっと三十五、六からじゃないか？　直木賞もらったの、いつだったかねえ」

昭和十年ですよ。『鶴八鶴次郎』。昭和十年には『明治一代女』をお書きになって……。三十八年には菊池寛賞。これは新派育成の功労賞ね。四十年には芸術院会員だし、四十四年には『しぐれ茶屋おりく』で吉川英治文学賞よね。

「ずいぶん、いろいろともらったねぇ」

もらった、もらった。四十八年にはさ、文化功労賞ってのももらっている。

「あ、そうだ。文化功労賞ってのはいいんだぞ、現金がついているんだ。えーと、三百五十万かな？」

あとは文化勲章か。

「勲章もらってもしょうがない」

あと、お亡くなりになると、宮内庁から菊の花が来るくらいで。

「いえいえ、もう結構や。もらったってしょうがないよ、そんなもの」

死んで花実が咲くものか、ですか？　ほんと、死んでから何もらったって嬉しかありませんよね。バカバカしいだけだよ。日本ってヘンな国だねえ。

秋の叙勲でね、木下恵介先生が勲四等を受けられたのよ。

新聞社から感想を聞かれたから私、なんです今頃、遅いじゃないの。それにしても勲四等っていうのは、どこから割り出したのか、わけを聞きたいわ。私は大いに不満です。どうせくれるならもっとでっかいのよこせ！　って文句言っちゃった。

八十歳、九十歳になって何もらったたって遅いや。

川口先生は八十五歳ね。

「八十五年生きてさ、いろんなことやったよ。〝生きるということ難しき　夜寒かな〟だ」

戦争中はどうされていたんです？

「戦争中……そうだ、これは恥ってのとはちがって悔しかったことだ。いまだに覚えてるよ。

あのね、戦争中にね、菊池寛に連れられて中国へ講演にいったんだ。みんな戦争関係の話をするだろう？　軍人でさ、とてつもなく博打のうまい奴がいた、みんながあいつと博打してもとても勝てないからよせよせっていうほど、どこかふてぶてしい奴だったらしいけど……そいつが、ある戦闘のときに真っ先に飛び出していって戦死しちゃったんだって。だから俺、人間の行動というものは、博打をしたからといって、それだけで評価してはいけないって、そんな話をしたの。そうしたら、仲間の一人の作家が、帝国軍人は博打などいたしません、って言いやがんの」

ありうるね。

「帝国軍人は、博打をいたしましたよ」

やりました。私も知ってる。明日死ぬかもしれないもの、メチャクチャだった。でも、その場合、いたしませんということに対して腹立ててみても、なにしろ向こうは力が強いから。

「ああ、帝国軍人を侮辱したとかなんとかってね」

それで先生、どうしたの？

「俺もう、講演するのイヤになっちゃって、このまま帰るって言ったんだよ。でも、まああってんで……しかたがないから楽屋でさ、他の奴にお茶いれてやったりして、がまんした。あのときはなんともいえずシャクだったな」

帝国軍人がいたころは、そういう意味での無理がずいぶんありましたよね。御無理御尤も、とにかく陸海軍は、さわっちゃいけないものでした。

「ああ、さわっちゃいけない。〝バスに乗り遅れない〟って言葉がありましたよ、その当時ね。みんな、なんとなく迎合していなくちゃいけないような時代があったね。ああいう時代はもう来てほしくないねえ」

従軍作家なんていって。

「俺も行った」

藤田嗣治先生なんかもひどい目に会ったものね。

「藤田に対する仕打ちなんかでも、画家というものがいかに心のせまい馬鹿かっていう証拠みたいなものだったろう？」

谷崎潤一郎先生、画家では梅原先生の二人ぐらいでしたか、戦争協力しない、ってよりは知らん顔してたのは……谷崎先生は『細雪』を連載していて、「軟弱である」なんて言われてサッサと途中でやめちゃったし。梅原先生は大仁へひっこんじゃった。

「谷崎にしても梅原にしても、食うに困らないよ。だから毅然としていられるけど、食うに困るとそうはしちゃいられないや。とにかくだね、〝どんな時代でも、どれが本当で、どれが嘘か〟という区別だけは、芸術家は持っていなきゃ、もう、身もふたもないよ。

だから、戦争なんてものは、人間が死ぬとか死なないとかいう以前に、なにがいいかわるいか、是非、善悪の区別が濁っちまうということね。これが一番いやだよ。戦争は悲惨だから当然しちゃいけないけど、真実が曇るというのが僕らは一番いやだ。どんな時代でもだね、いいものはいい、悪いものは悪いで、はっきりと区別のつく時代であってほしいよ。ねぇ」

話が文学や美術に及ぶと、川口先生の声はいっそう張りを増し、表情までが生き生きとしてきて、話題は尽きない。根っからの作家なのだ、と、私も嬉しい気持ちである。

しかし、いまでこそ「人生の達人」「人生の苦労人」と賛辞を浴びる川口先生にも、かつては迷いやためらいがあったのだろう。いわゆる「信吉もの」といわれる自伝めいた作品の中に、こんな文章がある。信吉、つまり著者自身と、その妻「秋子」となってはいるが、多分、〝愛妻三益愛子さんとの対話〟なのだろうと私は思う。

「僕の作家的才能はどの程度だろう」

「自信のない事をいうのね」

「ない。僕の才能の中では芸術的天分が一番薄いだろう」

「時々そういうことをいい出すのね」

「自分の限界が判るからだよ。才能の限界が目に見え出すと思い切って打ち込めなくなる」

「なぜなんです」

「芸術家としての素質に自信がないんだ」

「素質がなくって人気作家になる筈はありませんよ」

「それは別のことで、僕の作品は読者を失望させまいと用心して書く」

「それが却って悪いんでしょ。サービス過剰だなんて書かれたりして」

「だから文学者としては二流だ。二流で満足し得ない不満が、他の仕事を求める」

「どうしてそんなに気が弱いんです」

「作家には行きどまりがあるし、書けなくってじたばたしたり、年老いて方向が見えなかったりしたら、それこそやりきれないじゃないか」

「そういう意味では他の仕事だって同じじゃありませんか」

「いや、事業体というものは、才能が薄くってもある程度はやって行けるんだ。文学は自分一人きりだから怖い。俺は作家一筋の生活が恐ろしいんだ」

（昭和三十四年『生きるということ』より）

たとえ小説の中の言葉にしても、この信吉の正直さは人の胸を打つ。おそらく、文章を書く人間にとって、こうした迷いや疑い、悩みを経験しない人は皆無だろうけれど、それらはことごとく内に呑み込まれてしまって言葉や文章にはならず、代りにつっぱりやへ理屈に変貌して発表されるのが通常である。

川口先生の不幸は、へ理屈が苦手だということかもしれない。そして川口先生の幸福もまた、へ理屈をこねないことだと私は思う。川口文学の素晴らしさは、登場人物の持つ、脆く、哀しい「人間の弱さ」なのではないかしら？　と、私は思う。登場人物の、じれったいような弱さを、読者はいつの間にか自分に置き代えて、共感を呼ぶのではないかしら？　と、私は思う。

昭和五十六年。舞台女優のピカ一だった、いまは亡き「水谷八重子」を書いた『八重子抄』にも、川口先生のよきパートナーであった「花柳章太郎丈」との次のような会話が出て来る。正真正銘の実名だから、この会話は、川口先生の脳裏の奥から這い出してきた、生きて息のかよっている言葉と思ってよいのだろう。

花柳章太郎丈は、昭和四十年、新派の一月公演で「大つごもり」に出演中、初日が開いて五日目に、心臓病で亡くなった。亡くなる前年に、「俳優の芸は死ねば消えてしまう。残らないのが悔しい」と川口主事に向かってかき口説く花柳章太郎丈に、ピシリ！　と叩きつけた小気味のいい言葉である。

……「だって考えてみろ、俺たち死んであとになにが残る。作家は作品が残るからまだいいが」

「作家にもピンからキリまである。オレのものなんか残るもんか」

「然し形は残る。役者は何にも残らない。死と共に消え、時がたてば忘れられる」

「残ってそれがどうだというんだ。後世に知己を求めるなんて言葉があるけれど、くだらないよ。『源氏物語』は千年以上の生命を持ちつづけているが紫式部はそれで満足しているか、何処に墓があるのか判りもしないのに。死と共に消えるのが何よりだ。恥を後世に残したくない代りに生きている間は栄えていたい。清貧に甘んじて芸術に一生を捧げるなんて真平だ」

それは私の俗論だ。負け惜しみでもあったが、そのように思っている。……

（昭和五十六年『八重子抄』より）

わ

話は変わるが、私は四十代のころに四年ばかり丸の内ビルの一角で、小さな古道具屋を開いていたことがある。

五歳のときから映画の子役としてデビューした私は、以来、人からチヤホヤと頭を下げられるばかりで、自分からは唯の一度も頭を下げた経験がない。こういう特異な環境に育った私は自分でも無意識の内に、どこか足りないハンチクな人間になっているのではないかしら？　店でも持って他人《ひと》様にモノでも買って頂いて、人並みに「ありがとうございます」と頭を下げてみるのも、人生のひとつの経験として必要ではあるまいか？　というのが、店を開く理由であった。

店でも持って、といったところで、さて、何を売る店を持ったらいいのだろう？　私の商売は女優である。つたない芸を売り続けてはきたものの、他に才覚があるはずがない。たったひとつ、趣味とまではいかないけれど、少女のころから興味を持っていたのは「焼きもの」だけである。

当時、十三歳の少女だった私は、あるとき、ふと通りかかった古道具屋の店先で、色絵伊万里の小さな油壺を買ったのが病みつきになって、東京中の古道具屋をあちらこちらとほっつき歩いた。映画撮影所という私の職場の雑駁《ざつぱく》な騒がしさに比べれば、古道具屋の店先はいつもシンと静まり返っている。その静けさが魅力で、たまの休日には古道具屋へ直行するのがなによりの楽しみだった。

「そうだ。古美術とまではいかないまでも、焼きものを扱う古道具屋でもやってみようか」

私は早速、「古物露店許可証」という鑑札を取って、月に一度開かれる、美術クラブの「せり市」に通って品物の仕入れをした。

川口先生は、長年の読経で鍛えた大声だが、私は少女時代に「奥田良三」「長門美保」というオペラ界の二大先生にしごかれた大声を持っている。百畳敷きの大広間にズラズラと居並ぶ道具屋たちの間にチョコンと座ったまま、臆面もなくせりに加わって大声を上げた。ビックリしたのは道具屋の主人たちで、つい先日まではいいおとくいさんだった私が、今度は商売仲間として現われたわけだから、「どう扱ってよいものやら、いや、こりゃ、困りましたねえ」と言いながらも、誰もがド素人の私を迷惑がりもせずに面倒をみてくれたのが有り難かった。その中でも、現在は青山に「からくさ」という店を持つ青年店主には、文字通り、手とり足とりで教えを受けて仲良くなった。

この人、芝で生まれて神田で育ち、とはいかないが、芝で生まれて赤坂育ちというチャキチャキの江戸ッ子で、大学を卒業してから茶道具商に入って修業をし、三十歳で独立した。いまは古美術の雑誌に、小説風コットウエッセイなどを書いたりしている。私を「アネさん」と呼ぶところが面白く、私とは「誠ちゃん」「アネさん」と呼び合う間柄である。当年とって四十歳にもならないヒトだから私とは母子のようなものである。

ついこの間のことだった。「久し振りにお昼でも食べようか」という私の電話に、エサに釣られて車を飛ばしてきた彼から、開口一番、「アネさん。川口松太郎って人知ってる？」という言葉が飛び出したのには、一度聞いて三度驚くほどビックリした。なぜならば、この本を書くために私が川口先生に第一回目のインタビューをする、その矢先だったからである。

「川口松太郎が、どうしたってのさ」

という私の言葉に押しかぶせるように、誠ちゃんの一大演説がはじまった。川口先生も顔負けのべらんめえ口調であった。

「あのねぇ、アネさん。東京駅で、何気なく週刊誌を買ったんだよ。その週刊誌に載っていた川口松太郎って人の、『無惨なり婦系図』って小説を読んで、オイラは心底ビックリしたねぇ。粋《いき》でこうとで人柄で、ってのは、ああいう小説のことを言うんじゃないだろうか。なにがなんていったって、シャッキリシャンとして江戸前のところがたまらねぇ。小意気でいなせで、お色気を書いててもイヤ味がない。あんな小説ってのはアネさんよ、なかなか書けるもんじゃありませんぜ！」

「そうかい、そりゃいいものを読んだね」

「ああ、よかった。あんな小説、週刊誌にのっけるなんて勿体ないと思ったからオイラ、ハサミで切り取って表紙つけて綴《と》じて、しまっちまったよ。あんな江戸前の小説のよさ、今日このごろじゃ分かる奴なんかいやしねぇ、もったいないねぇ、残念だ」

「お前さん、大学出たって言うけれど、川口松太郎って名前も知らなかったのかい」

「知らなかった。はじめてだ。だってアネさん、オイラは老舗の大旦那とはちがうんですぜ。年がら年中ウロチョロウロチョロ、デンと座って小説なんか読んでいる御身分とは程遠いってとこだ。オイラの書いてるエッセイなんか、婦系図にくらべたら生々しくてさ。粋が過ぎてイキ倒れってとこよ。とにかくオイラはいま、れっきとした川口松太郎のファンですぜ」

誠ちゃんは食べかけのスパゲティボンゴーレの皿を前にして、フォークを振り立てて細い眼をムイた。

昼食を終え、誠ちゃんと別れてわが家に戻った私は、早速に雑誌を広げて誠ちゃんのコットウエッセイなるものを読んでみた。せい一杯に江戸前を気取ってはいるものの、やはり誠ちゃんの言うイキ倒れに近くとも遠くはない。この上、あわてふためいて本屋に駆けつけ、川口先生の作品を片っ端からむさぼり読んで、エッセイの参考にでもしようとしても、そうは問屋がおろさない。それこそ、粋すぎて帰りがない、ということになる。

でも、川口先生。こういう風にして、先生の小説は、先生が好むと好まざるとにかかわらず残っていくのです。それも、先生の最も愛すべき、こういうファンによって……世の中、そう捨てたものではありませんよ。

か

川口先生は、少年のころから絵がお好きだったそうですけど、はじめての絵との出会いはいつでした？

「十五歳だったかなぁ。そのころの僕は、郵便局の局員をしていてねぇ。栃木県の郵便局へ行かなくちゃならなくなったんだ。それで栃木へ行くちょっと前にさ、浅草の馬道《うまみち》に、古本屋があるんだよ。僕は金がないから新しい本は買えないから、いつも古本屋ばかりだった。ある日ね、その古本屋の店先に、広重の『雷門』の錦絵がぶら下がってたんだ。

ええ。あの赤い提灯のぶら下がっている、広重の江戸百景の」

「とにかく欲しくなっちゃった。一円五十銭なんだそいつが。でも、金がない。で、僕は五十銭だけ手付けを置いてね、〃おじさん、あと一円できたら俺、買いに来るからとっといてね〃、〃ああ、いいよ〃ってんで、絵を外してしまってくれたんだ。ところがさ、一円出来ない内に栃木へ行っちまっただろう？　栃木に一年いて東京へ帰って来て、『雷門』をあれきりにしちゃって悪かったと思ったから馬道へ行ったんだ。〃おじさん、栃木へ行ってたんで来られなかった、ごめんよ。あの五十銭は質流れでいいから堪忍してくれ〃って言ったらさ、〃なに言ってんだい。ちゃんととってあるよ〃って……」

いいなぁ、情がありますねえ。相手は十五の子供だっていうのに。

「その絵、いまだに持ってるよ。だから、十代でも手付けうって、買ってきようって気があったんだから、好きだったんだね絵が」

梅原龍三郎先生の絵との出会いは？

「これはねえ……。昔から夏になると軽井沢へ行ってただろう？　軽井沢の万平ホテルの庭で、上品な奥さんがいつもうちの長男を可愛がってくれてね、それが梅原夫人だったわけだ。そのとき梅原は北京へ行っていて、それで帰ってきたんだよ。ちょうどそのとき、次男が生まれたんで、記念に絵を描いてもらったわけだ。それがはじめてだった。そのときに描いてもらった絵に、俺はすっかり感動してね、好きになっちまったんだ」

それまで、梅原先生の絵を見たことはなかったんですか？

「梅原の絵はさ、展覧会でもなきゃ見られないだろう？　雑誌の口絵で見るくらいでさ。僕らは、白樺教育を受けているからね。あの人道主義の洗礼をいっぺん受けてた。『白樺』には梅原の表紙だとか口絵だとか載ってたから、いつの間にか知ってたけれど、大きな立派な絵を直接見たことはなかったんだ。

……梅原に感動したのは、なんといってもあの強さですよ。あの人の持っている技術の強さってものは、文学にも演劇にもないねぇ。俺は、まいったなあ。いまでも、誰の絵よりも梅原の絵が好きだ。一番買いたかったのは梅原の絵だった」

そうですね、梅原美術館まで建てる気だったもの。梅原先生の絵の中でもとくに優れた絵は、みんな川口先生のところへいっちまうって評判でしたよ。

「あのね、いつだったかなあ、銀座の西川画廊に、梅原の『松と波』って絵が出たんだよ」

ええ。手前に大きな黒っぽい松の木のある、伊豆山でお描きになった？

「あれだ。あれを川端が見てね、これ、川口に見せればすぐ買うよ、って言ったんだな。西川から電話がかかってきて、俺、飛んで行って見てさ、すぐ買っちゃったの。〝西川君、今月五万円払う。来月五万円、さ来月五万円だ〟って約束して、ちゃんと払った。西川がビックリしてねぇ、あんたみたいな買いっぷりのいい客ははじめてだ、なんて言ってたけど。もう、欲しくなると高いも安いもあるもんか、どうやれば金が作れるか、って、それ考えるばかりだ。……しかし、まあ、高くなっちゃったねえ、梅原の絵は。もう、とてもいけませんや」

御当人の梅原先生は、〝秀子サン、僕の絵はね、ここ(自宅)にあるときはタダだけど、画商の店に出ると高いんだってさ〟なんてケロッとしてるよ。そりゃそうですよ。自分でノコノコ画廊へ出かけていって値段聞くわけにはいかないもの。私は絵なんて分かりゃしないけど、でも、美しいってことは分かる。

「梅原の絵を見ると、ファイトが湧くだろう？　勇気が出るよ。コンチクショウって、ねえ」

梅原先生の絵をやたら買う、なんてことは誰にでも出来るものじゃない。たいへんな贅沢だと思うけれど、川口先生の場合は梅原先生の絵によって啓蒙されたり勇気づけられたりして、これも御自分の肥《こや》しになっているんだから、ちょっと贅沢とはちがいますね。

「浪費じゃないよ。決して浪費じゃない。結果としては梅原の絵にずいぶん救われたもの」

十五歳のとき手に入れた『雷門』の他に、錦絵はその後どうですか？

「うん。一番始末に困ってるのは錦絵かなぁ。集めたら二、三百枚はあるかもしれないよ。まとまっているものでは清親の『東京名所』が全部ある。これは近代美術館にもらってもらおうと考えてるんだ」

バラバラに散じちゃうと惜しいね。なにしろ紙きれみたいなものだから。

「そうなんだよ。うちの子供らはまるっきり分からないし、どこか、まとめて大事にしてくれるとこがあれば……」

リッカーの平木さんもたくさん集めていますね。それから専売公社が煙草に関する錦絵ばかり。

「写楽だけでも売ろうかな、と思ってる」

写楽のなに？

「『菊之丞』だ、お多福の」

ああ、紫の布をつけてる、あれか。

「それから不思議なものがあるんだ。歌麿の『あわび取り』」

へーッ？　大変だ。

「あんまり大変でもないんだよ。三枚続きでさ、一番こっちのはじっこがないんだ。半分ないのを誰かが描いちゃったんだな」

それはいけないな。

「いけない。二枚はきたないけれどもちゃんとしてるがね」

『あわび取り』なんて、部分だっていいですよ。

「浮世絵道楽したり、梅原道楽したり……この間ね、村上華岳の展覧会があったね」

行きそこなった。

「俺、行った。以前にねぇ、梅原の絵を買うために、華岳の墨絵の『牡丹』を売ったことがあったの、それが出てやがんのさ」

華岳ね。うちにも紺紙に金泥で線描きの、色っぽい観音様が一枚あったけど、なんだか、あんまり知りもしない人が、貸してくれとかなんとか言って持っていっちゃったきり、その人、死んじゃったの。あとで奥さんに「あの絵、どうなってます？」って聞くのもヘンだし。まるまるソンしちゃった。

昔、伊志井の寛ちゃんおじちゃんが新派の公演で関西に行ってたとき、宿屋へ遊びにいったのよ。そしたら道具屋が来てて、軸になっていて十万円だった。ヒエーッとおどろいたけど欲しくてね。買って帰って額装にしたんだけど……。もしかしたらその絵、この間の展覧会に出てやしないか、と思って、行きたかったんだけど……。

「華岳はあんた、大変だよ」

真面目な、シンメトリーな仏画より、ススッと描いたののほうがいいよ。

「華岳、岸田劉生、芋銭、……みんな梅原に化けちゃった。芋銭の河童はよかったなぁ、河童大明神」

小川芋銭の河童はないけど、梅原先生の『河童仙人』は私、持ってるの。なんだかヘンな話でね。もう二十年くらい前だったか、軽井沢の梅原家で梅原夫人と、松山と私と四人で夕飯たべた後で、梅原先生がふっと真面目な顔してね、ちょっと二階の画室へ来い、って言うの。ママ（梅原夫人）も証人として立ち会え、って。画室へ行ったらイーゼルに四号ばかりのまだ乾いていない絵があって、河童仙人が口から天女を吹き出してる絵ね。〃僕が今夜死んだら、これが絶筆になるから、善三さんに進呈する〃って。善三さん青くなっちゃって、でも、先生はサッサと絵の裏に日付を入れちゃったの。とりあえずお預りするってんで持って帰って、うちの小屋は梅原家の庭の中だから、二階の画室がよく見えるの。その夜は梅原先生が自殺でもするんじゃないかと思って、全然眠れなくてね。

朝早く雨戸を開けて見たら、先生ったらせっせと絵を描いているんだもの。安心するやら呆れるやらで。河童仙人お返しするって言ったら、一口進呈したものを返しては困るって……だから今でも家にあるけど。あのときはそうお酒を飲んでもいなかったし、いたずらにしては真面目すぎたし。いったい、なんだったのか、いまでも分からないんです。

「伊豆山のモア美術館へ行ったらさ、梅原の『万暦』が出てるんだよ。あれ梅原のところにあった奴なんだ。竜の絵なんか描いてある奇麗ないい絵なんだ。繭山がそれを梅原から六万円で買ってさ、グズグズしてる内にあんた、十二万円になっちまって、とても俺の手には負えなくなったんだけど……それが出てるの」

回り回ってウロウロしてるものですね。

「してんだなぁ……。そしてやっぱり最後にああいうところへいっちまうんだ」

ねえ、こうやって手を合わせている可愛い仏像なかった？　モア美術館に。

「聖徳太子じゃない？」

ああ、聖徳太子。あれだけはちょっとかっぱらってきたいと思うほど可愛かった。緋の袴が腰巻きをちょっとひきずってるみたいにみえて、なんともいい顔してて。

「あれはほうぼうにあるものだけども、あれ、一番いいものだねえ。あのねえ。『湯女』の複製があったんだよう。桃山の有名な浮世絵で、僕の好きな絵。本物より少し小さいけど、これがよく出来ててね。これ買って帰ろう、複製なら買えるだろうって値段きいたらなんと八十万円だって、ウソものがだよ。よかったなあ、これお呉れ、なんて言わなくって。でも、どうすりゃ八十万になるんだろう? 本物ならとても金がないって諦めるけど、うまく出来たリトみたいなものは買うよねやっぱり、ねぇ」

もう、いいでしょ。よしなさいよ。いま持ってる絵の処分もつかないくせに。しょうがないねえ。

よ

私がはじめて梅原龍三郎先生にお会いしたのは敗戦直後だったから、川口先生とのおつきあいより、もっと古い。

梅原先生と私は、三まわりちがいのネズミ年である。あちらがやんごとなき大ネズミとすれば、こちらはしがないドブネズミ、というところだから、対等な会話などあるはずもない。終始一貫、食いしんぼうの梅原先生の食事のお相伴で、今日は東へ明日は西へと四十年近くも御馳走になり続けただけなので、とてもじゃないけどおつきあいなどという間柄ではない。

梅原先生は私を「君は半分男、半分女みたいなボクの友人だ」とおっしゃってくださるけど、これまたとてもじゃないけど友人なんて間柄でもない。それならどういう間柄か？　と聞かれても、私には分からない。ただ、長年にわたって私は、梅原先生から数かぎりない有形無形の親切をいただいた。強いて言えば、やはり「恩師」というところかもしれない。

しかし、いくら「あなたオゴル人」「私タベル人」でも、梅原先生の言葉の端々くらいは私の耳に入ってくる。そして、印象的な言葉といえば、どれもみんな「絵画」に関する先生の一人言ばかりである。

「絵は、画家の手元にある限り、商品ではないよ。絵が画商の手に渡ったとき、絵ははじめて商品になるんだ。そこを間違えると大間違いになる」

また、

「よく、自分の絵に何十何歳なんて讃を入れる人があるけれど、絵は年で描くものではないよ。だからどうした、と言われても仕方がないじゃないか。年を売り物にするのは絵かきとしては邪道だな」

また、

「絵にサインを入れるなんてことはツマランことだ。サインなんか無くたって、いい絵はいい。それでいいとボクは思うよ。セザンヌなんかサインの無い絵が多い。サインなんか無くたってセザンヌはセザンヌさ」

また、

「最近は、絵かきが売れるようなものばかりやるようになっちゃった。売れなくても描きたいものだけ描く、なんていうのはいなくなっちゃったよ。技術はよくなったけど、印象に残る人はいないないなァ」

また、

「この間、画商がボクの絵を持ってきてサ、この絵に太陽を描き入れてくれ、そうすればもっと高く売れるから、って言うのさ。それでボクは言ってやったのさ、太陽を描くついでに月も描いてやろうかって。奴、ビックリして逃げて帰っちゃった」

　また、

「ボクが最後にルノアールを訪ねたとき、ルノアールはリュウマチでね、車椅子に乗って、絵筆を手首にしばりつけて絵を描いていたんだ。娘さんが〝パパの手がこんなになってしまって〟と言ったら、ルノアールがね、〝バカ！　絵は手で描くもんじゃない〟って怒鳴ったさ。全くだ」

　また、

「よく絵かきに向かって、ちょっと色紙に一筆なんていう人がいるけど、ありゃマンジュウ屋へ入っていって、マンジュウひとつただでおくれ、っていうのと同じだね。どういうものかなァ、と思うよ」

　いずれも私の「梅原語録」からの言葉で、川口先生が聞いたら手を叩いて喜びそうな素晴らしい言葉ばかりだ。アホな私は、ただ、「立派なことを言うなァ、大きい人だなァ」と思いながらも、御馳走を含んだ口をモグモグやりながら黙ってうなずくばかりである。

でも、考えてみると、私がとことん無知蒙昧で絵画の世界とは関係のない人間だからこそ、梅原先生は、犬か猫にでも向かって喋るように、折り折りの言葉を吐き出して、御自分の言葉を楽しんでいたのかもしれない。外側から見る梅原先生は、どちらかというと「豪胆」そのものに見えるかも知れない。なにしろ、

「大正十二年の震災のとき、ボクは上野の西洋料理屋でメシを喰ってる最中だった。とつぜんグラグラゆれてきて、戸棚の中のコップなんかがみんな落っこって割れちゃった。そうこうする内に、ボクの眼の前の皿やコップもあっちこっちへ飛んでって、テーブル掛けだけになっちゃった。喰うものがないんじゃしかたないから、ボクは手に持っていたナイフとフォークを放り出してね、窓から逃げ出したんだ」

というのだから、スゴイ御方である。

豪快、華麗、超然、一徹な梅原先生の絵は、たしかに川口先生が言われるように、その力強さで見るものの首根っ子を振りまわすような強烈さを持っているけれど、いったん絵から離れた梅原先生を内側から見ると、優しくて不器用で、かなりヤンチャ坊主的なところもある。

例えば、朝から晩まで口から煙草をはなしたことのない梅原先生の居間にも画室にも、到来もののダンヒルやカルチェ、ロンソンなどの上等舶来ライターから、日本製の百円ライターに至るまで、おびただしい数のライターが絵具にまみれて転がっている。けれど、ブキッチョな梅原先生は、その中のどのひとつにも満足に火を点けられたためしがなく、片っ端からブッこわしてしまうのである。ケチな私は時折り転がっているライターを集めて手入れをするのだけれど、どうすればこんな風にこわれるのか、と理解に苦しむことがある。梅原先生にしてみれば、ライターのくせに、素直に火の点かないライターなどは言語道断というところなのだろう。不器用な手つきでヤスリを無理矢理に逆方向にまわしたり、ガスの切れたライターをいつまでもひねくってても火が点くはずがなく、ライターこそいい災難なのである。

梅原先生のサロンに集まる人々は、お相撲さんや将棋さし、歌舞伎役者、評論家、作家、舞踊家……と、多種多様だが、いずれも他人に頼らず自力で仕事をしている一匹狼が多い。

御自分もまた一匹狼を自任している梅原先生は、そうした一匹狼を家族の一員としたかったらしく、かつては「柏戸関」や「林海峯」をお孫さんのお婿さんにしたくてヒイヒイ言っていたけれど、かんじんの御家族にソッポを向かれて意気消沈、口をへの字にしてふくれている先生が気の毒でもあり、そしておかしかった。家族に対しては底なしに甘いダメ親父のところは川口先生に負けず劣らず、というところである。

梅原先生は、明治四十一年に「留学生」として最初のパリに渡っている。文部省から月々百五十円が支給され、京都の実家からも百五十円の送金を受けていた

から、苦学生とはいえない生活だったのだろう。それでも、

「絵がうまくいかないときは、アパートの六階に住んでいたムーネ・シェリーという友人を訪ねて階段を上ってゆくときにね。六階の踊り場から落っこちたら、これは完全に死ねるな、と立ち止まったこともあった」

というから、やはり才に恵まれただけでホイホイと今日の大梅原が生まれたわけではない。

いまから三年ほど前、梅原先生が九十四歳の時だったろうか、加賀町のお宅を訪ねてみると、パジャマにガウン姿の梅原先生が、「身体中が痛くて、痛くて」と、ソファにひっくり返って唸っている。聞けば、画室で裸のモデルととっ組み合いをしたせいで、ということで、私はビックリした。

「とっ組み合いって、モデルさんと喧嘩でもしたんですか？」

「いやいや、大いに違う。喧嘩どころか仲良くしようと思ったんだ……でもさ、努力したけどダメだった」

「?!」

一時期、梅原先生はピカソの画集に触発されたのか、ポルノ風な絵に興味を持ったことがあった。想像で描いてはみたものの、なかなかうまくいかない。そこで、モデルを呼んで言い含め、画室の大鏡の前で自らモデルの上にまたがった。とはいうものの、右手にはスケッチブック、左手にはコンテ、おまけに首をねじ曲げて鏡に映る二人の姿態をスケッチしようというのだから、どうにも身動きができない。一枚もスケッチをしない内に疲れ果ててひっくり返ってしまったのだ、ということだった。

「そんなこと御自分でしようなんて、ムリですよ先生。モデルさんじゃなく、そういう商売の人たちに来てもらえばいいじゃないの。私が探して頼んできましょうか?」

「それじゃ興味がないや。……そうだ、秀子さんと善三さんが来てボクの眼の前でダッコしてくれたらなァ」

「冗談じゃないよ。私を幾つだと思ってるの、もう六十歳になるんですよ」

「なァに、六十歳なんてへでもないや。ボクは九十ですよ」

梅原先生はそう言って、再び「アイタタタ」と腰を押さえてシカメ面をした。


「梅原の絵を見ることはぼくにとって美術鑑賞といったものではない。梅原の絵の力の強さ、強烈な色彩がぼくに人生的競争心を感じさせるのである。ぼくにとって梅原の絵は単なる絵画ではないのだ。他の人の絵は美しかったり奇麗であったりするだけなのだが、梅原の絵はぼくを奮い立たせる。なにくそッという反発心を起こさせる。人生的ないろいろなものを教えられ、こうしちゃいられないぞという強迫感のようなものが起きてくるのである。こうして梅原の絵を見、梅原とたえずたたかっているのである。絵ばかりではない、梅原の人間に傾倒しているところがある。いっしょに生きてるヤツで人間としていちばん偉いヤツだと思っている。……」

と、川口先生は、梅原讃を新聞に発表している。

昔も今も、男が女に惚れたり、女が男に惚れるのはなんのふしぎもなく、ごく当然のことである。けれど、女に惚れられる女、男に惚れられる男は珍しい。そういう優れた人たちは、男女という性別を越えて、「人間」としての魅力に輝いている、ということなのだろう。

川口先生は、梅原先生の単なるファンというのとは違って、梅原先生の絵に全身をぶつけて押しくらまんじゅうをしている。

「梅原の絵にはずいぶん救われたもの」とまで言われれば、御大梅原大明神、以て瞑すべしだと、私はちょっと羨ましい。

た

ママが亡くなって、どのくらいたってから不自由を感じましたか？

「すぐ感じたねえ、そりゃ。ママがさ、いよいよいけないとなったときにだね。そりゃ一面においては大変に悲しいよ。ママみたいな便利な奴はなかなかいないからね。一面においては悲しいけれども、一面においては、〝そうでもねぇな、また若いのでも来るかな〟って期待も幾分かはあった。こりゃ事実だったよ。これは僕ばかりじゃなくて、誰だって同じだと思うよ、男なら」

残念ながら認めます。分かります。

「ところがさ、見ると聞くでは大きな相違でさ、とんでもないことだったよ。とにかく一人になったら気楽どころのさわぎじゃない。雑用も多いし、一人じゃ暮らせないってことが分かってね。再婚なんてことは考えないけど、とにかく俺の世話をしてくれる誰かがどうしても必要なんだ。そりゃ長男の嫁もいるし、娘もいるから食事の世話くらいはみてくれる。しかし、それぞれ亭主や子供がいるからねえ、夜になりゃサヨナラって帰っちまうよ、ねぇ。……それでね、俺の世話しながら世間話のひとつもできるような奴はいないかなって、昔つきあった女たち……もうみんないい婆ァだろうけどさ、そんなこと言っちゃいられない」

いましたか？

「いた。三人」

みんな東京の人？

「岡山と熊本と東京だ。岡山のはね、劇場の娘で、親父はたいした山持ちで、芝居好きでさ、自分で小さな劇場を建てちゃったんだ。建てちゃった以上は何か演《や》らなきゃってんで、花柳章太郎や、歌舞伎の十五代目羽左衛門がよばれていって たんだな」

それ、いつごろのこと？

「えーと。俺が大正十二年で震災で焼け出されて、大阪へ行って三年いたから ……大正十五年だ。大正の最後だね」

私が二つのときだ。

「でさ、あるとき花柳が行こう行こうって言うから一緒に行ったんだその劇場へ。こぢんまりとした、なかなかきれいな劇場でねえ、大道具なんかもきちんと出来てるしさ。……で、『婦系図』をやることになってたから、僕は舞台へ上がってさ、その梅の木はどこへ、とか、いろいろ指図してたんだ。そしたら、いきなり、〝コラーッ、なんだお前は、ここはさっきわしが雑巾がけしたばっかりなのに、なんで靴で上がって来やがるんだ……〟って、それが女だよ。怒鳴られちゃった。そいで初日が開いたらさ、そいつが印半纏着て、手拭で頭しばって、腰へトンカチぶらさげて働いてやがんの」

　いけないね、川口先生の好きなタイプですね。

「そこの名物娘だったんだ。そんなにいい女ってんじゃないけれど、ちょっと気っぷがいいんだよ。俺はすっかり惚れちゃった。……それで、芝居がすんで御馳走になって、あのころはまだ平土間で」

　ああ、枡《ます》ね、客席は。

「その枡を全部とっぱらって田舎風の大盤振舞だ。そしたらさっきトンカチぶら下げてた娘がキチンと着物着て出てきてさ。これがビックリするほどきれいなの」

　オヤオヤ。

「二人で酔っ払っちゃって、文学の話なんかするととっても喜んでさ……。それで、岡山の後楽園を案内してくれてね、そしてね、驚いたことには発句を詠《よ》んだよ彼女が……それがなかなかちゃんとしてんだ。そして料理屋で一杯飲んでさ、彼女は岡山でも有名な娘だから、どこへいっても大さわぎされるから、あやしいことにはならなかった」

どうだか。

「ならなかった。でも、今度はあっちが僕を大阪へ訪ねてきたときに、ちょいとおかしくなっちゃった。それでおしまい。それっきりだ、それっきり」

その人、結婚したんですか？

「ああ。結婚して、子供が三人で、もうみんな大きくなって、亭主は死んじゃった」

ちょうどいいね、その人。

「ママが死んだあとに手紙が来たんだよ。〝どうしているか？　さぞ寂しいだろう。私も実はこうこういうわけだ。一度会って話がしたい。でもばあさんになったよ〟って書いてあるんだ。……やっぱりちょっと懐かしかったから会おうや、ってことになって、彼女が訪ねてきました、東京へ」

その人、幾つ？

「七十幾つだよ。僕と十もちがっていない。でもまあ、老い朽ちた、って感じでもないんだ。でね、こいつなら……と思ったから、〝どうだい、俺の後ぞえになるかい？〟って聞いたんだ。そしたら、〝私をもらってくれるのか？〟って。〝本当をいうと、女房をもらうのは面倒臭いんだ。友達同士のほうがいいんだ〟」

一緒に住んで？

「一緒に住んでもよし、たまに会ってもよし。僕なんか気持ちの上の張りさえあれば十分楽しんでいけるからね。向こうも大いに賛成した。それじゃあそうしようっていうんで、大体の約束ができたんだよ、大体のね。

ところが、だ。その次に東京へ出て来たときに、こう言うんだよ。山持ちだから、彼女の山があるんだ。ところが親父の遺言に、〝一生一人身で暮らすなら山をやるけど、嫁に行ったら山はやらない〟そう書いてあるんだってさ。その山の値段があんた、なんと五億なんだってさ。えーッ？　つまり、あんたと結婚すると、五億がフイになっちまうって。とにかく、五億の山とおまえさんととっかえるわけにはいかないよ、というのが最後のお別れだ。つまりは断わりに来たってわけだ。あーあ」

結婚しなければいいじゃない。でも、その人は「結婚」がしたいのかな？　もらって欲しい、というんですか？

「そういうところが曖昧なんだけどねえ……。つまり、男と住めば、それが結婚なんだろう。入籍したから結婚だとかってことは考えないんだろう。男ができればそれがつまり結婚なんだ」

ふうーん。

「所詮は、もう俺みたいな年になると、愛情だとか、そういうものは役に立たない、っていうことだな。だから事情と境遇がうまくあわなければ、友達にも恋人にもなれないってわけだね。でもさ、女房にするんだって言ったら、来るやついるよ、まだ」

サム・マネーもついてるしね。

「でも、これは難しいやね。いまさらあんた、変な奴に来られちゃかなわねぇからな」

結婚はコリましたか？

「うーん。コリたというよりも、そもそも人間の生活ってものはね。結婚を前提にしなくちゃ成り立たないだろう？」

いまは結婚しない人がずいぶん増えてるみたい。女も、翔《と》んでる女とかなんとかなんて、なにかと仕事を持ってるし。

「つまり経済的な自信があるってことは、男に依存しなくてすむってことだからねえ。生活の自信のある奴は、単なる結婚だけを希望しないってとこあるね」

それに、昔の嫁は男に嫁ぐっていうより「家」に嫁いだものね。なにかとずいぶん違いますよ。夫が浮気したって姑と二人でアノヤロウ！　って悪口言ってれば少しは気がまぎれるし。いまは二人だからすぐ行きづまっちゃう。

別居結婚とか同棲だったらいつでも別れられるだろうけど、それも夫婦と同じものかしら。

日本の離婚率はいますごいね、二分半に一組だって。それもだんだん年齢が上がって、七十歳の奥さんが、〝はい、ここまでよ、じゃアね〟って、夫を置いて出ていっちゃう。

「俺の四人の女たちだってさ、出ていってくれたらどれほど有り難かったかなあ。どれもこれも出ていかないからこっちは苦労してたんだよ」

どれもこれも従順だったんです。

「七十になって別れるのは、女のほうにも生活の自信があるからだろう？」

そりゃそうでしょ。旦那が退職金もらうまでジーッと待っててさ。それを半分くらい頂いといて、ソロソロと自分の身の振りかたを考えてる内に五年くらいは経っちゃうもの……普通のサラリーマンって、みんな結婚してから、朝つとめに出て夜帰って来る、それの繰り返しでしょ。その上に日本の男って、世界に冠たる午前様でしょ？　奥さんのほうは子供育てて、御飯作って、子供が大きくなって巣立っていっちゃって、夫が定年になってべったり家にいるようになると、はじめてよく夫が見えてきて、なんで私、こんな夫と何十年もいたのかしら？　ってことになるんだろうと思う。

「そうかねえ……そういうの、僕らにゃないね」

ないですね。私たちの生活は不規則だし、毎日が刺激の連続だもの。

「話題はあるしなあ、……女がもっと経済的に自立して……男と女が同じになる時代は来るかねぇ」

どうかなあ。もちろん個人差があるから男にひけを取らない女も出て来るでしょうけど。……でも、女には根本的に本能ってものがありまして、子供を見ればあやしたくなるし、汚れものを見れば片づけたくなるし、男が子供を産むようにならない限り、女はたいして変わらないと思うの。このごろは確かに家事の好きな男もいますよ。でもそれはあくまで男の趣味で、面白いからちょっとやってみる、というだけですよ。仕事にしてもね、女は男と体力もちがうし、メンスなんてものもあるじゃない。

「このごろ、なくなったんだな、生理休暇っていうの」

生理のときは頭痛がしたり、あちこち痛くなったりで機嫌が悪くなるでしょ？ 男に、今日は私ヒステリックですからそのつもりでいてください、なんて言えないよ職場で。男にだって本能はあるよ。男のほうがもっと本能的だ。棍棒で動物ブッ叩いて、穴居生活してたのといまも同じじゃない。外へ出て稼いでくるし、戦争はするしさ。僕、家が好き、ずっと家で留守番する、なんてことに、男はならないと思うなあ。

「男と女の生理的な問題は別として、男だってバカと利口がいるんだからさ、才能のある優れた女も出て来るよね。男女がだんだんと近づいてくることは確かだと思うし、そんなに隔てはなくなると思うんだよねぇ。五分と五分になった暁に、あんたがいま言ったような、洗濯を女がしたくなる、という、そういう意識もなくなるんじゃないか、と思う」

本当にそうなったら、女は結婚なんてしたがらないと思うの。なにが面白くて、「結婚」なんていう紙一枚で縛られる？　好きな人が出来たら、はじめから愛人関係でいいじゃない。

「うん。そのほうがいい」

そのほうがいい、なんてニッコリしないで。とにかく女はそれほど結婚っていうものにしがみつかなくはなりますね。

「とにかく、このままだったら、あんたが僕を非難するようなだね、男女騒動ってものはたえず繰り返されるよ。中国はさ、いっぺん結婚しちゃったら、恋愛して男が出来ると罪になるんだろう？」

罪に？　……それも苦しいね。

「それならそれでもいいよ。そうなれば俺だってさ、懲役に行くのはイヤだから、我慢するだろうと思うよ。ああ。いっぺん結婚してさ、また恋愛して他の女をこしらえるような奴は、社会的に許せない。だからお前は何年の懲役だっ、てなことはあってもいいと思うね、僕は決していやじゃないよ」

それじゃ先生なんか、ずっと懲役ばっかりじゃない？　シャバへ出て来るヒマもありゃしない。シャバへ出ない内に八十歳になっちゃうよ。

……三益の場合は七十になっての膵臓癌なのでこれはあの人の寿命だと諦めている。人間の生命が次第に長くなってはいても、何時かは命が切れて行く。七十で切れるか百歳まで延びるか、その間の二、三十年が寿命の消長で、病気のみとは言いがたく運命のような気がします。今の私の判断では七十歳以上で癌にかかって全快した人はそれだけ寿命が延びたと言うだけ、本当に治ったとは信じていません。常に私を診ていてくれる中山恒明博士は、

「君の食道癌はもう出ないだろう。今度の時は他の場所へ出る」

と言ったが他の場所へ出た時が寿命の尽きる時だと思っています。三益の病気発見から手術後の経過を見つめていた私は癌寿命説の信念をいよいよ固くしている。膵臓癌の宣告を受けたのが二月の末、手術は三月三日、最後は翌年の一月十八日、病気発見から最後までたった十一カ月だった。最後には意識が混濁して思考力を失い、意識の戻らぬままに世を去った。癌であろうとは薄々感じていたに違いないのだが、私達も全快不可能と聞いて口へ出せなくなり、当人も疑ったままにはっきりとは言わず意識不明のうちに目を閉じてしまった。哀れとも痛ましいとも言いようはなく寿命だと諦めるより方法が無い。私もやがて三益と同じように癌の再発が寿命の尽きる時と思っているがどうせどこかで最後が来る。三益

は七十だったが私は八十から九十までの間であろうし、九十を過ぎればどこが終りであろうと悔やむところは無い。この本の中で言いたかったのも癌寿命説で、医者を恨んでも医術の未発達を嘆いても役には立たない。三益の死んだ結論も運命の尽きた寿命と思うより外はありませんでした。

私達は仲の良い夫婦でした。彼女の死後に、

「次ぎの世に生まれ代っても三益愛子を妻に持ちたい」

と亡妻追慕（毎日新聞）の中に書いたところ、丹羽文雄君が「連れ愛論」と言う随想の中で、

「夫婦には血のつながりなしと言うけれど親子や兄妹は最後には別の人生を歩いていくものだ。最後までのつき合いは夫婦ということになる。もうすぐ金婚式という年になるが、松ちゃんではないけれどやっぱり次ぎの世もいまの家内だよ」

と書いてくれた。夕刊フジのインタビューだが丹羽君も今の奥さんと次の世にも結ばれたいと明言している。嬉しかった。死んだ女房ともう一度結婚したいな

んて甘ったるい事を書いたと思ったが、丹羽君も同じ「連れ愛論」なので自分も遠慮なく亡妻ののろけが言えると思った。才能の豊かな女であったし、家事一切についても娘や嫁さん達が「到底かないません」とシャッポをぬいだほど出来ないことの無い人だった。

出来ないことは一つだけ、道楽亭主の遊びをやめさせる事だけで後は何でも出来た。その道楽亭主も六十歳を過ぎてからは体力も衰え、夜間外出も殆んど無く、時には、

「夜の銀座でも歩いてらっしゃい、時勢に遅れますよ」

と逆に言われる程外へ出なくなった。どこへ行くのも一緒だったし、外国を歩いても金勘定は一切愛子でレストランへ食事に行っても金は彼女が払った。女が支払いをする習慣のない外国では、不思議そうに見つめられたが一切平気だったしエレベーターへ乗る時も婦人優先で女が先に乗り込む習慣だが愛子はそれもしなかった。

「日本の習慣は旦那が先よ、外国へ来ても私達は日本人だから日本の習慣に従う」

と言って私を先に乗せた。そんな具合だから彼女が突然にいなくなると家の中のどこに何があるのかまるで判らない。娘の晶や長男の浩に頼んで後の始末をつけてもらったがまだまだ当分の間は愛子の影を追うだけで何も出来ない。十一も年下なのに私より先にいなくなろうとは夢にも思わなかっただけに、悲しいとか淋しいとか言うより、死んであの世へ行ったら三益に会えるのだったら今すぐにでも死にたいと思っている。然しその保証はどこにもない。お骨も地中に埋める気がせず、いまだに隣室に安置して晶がたえず新しい花をそなえている。私の書斎も寝室も、家中どの部屋にも三益の写真を飾りつけて彼女と一緒に生活をしているような、子供っぽい心持ちになっている。これから先何年生きるか判らないが生きている限りは人間らしい欲望も出て来るのではないかと恐れる。寿命の尽きない人間には生臭さも出るだろうし俗心も湧くだろう。そんな事を考えると適当に寿命を終って出来る事なら来世に生まれ代って三益の面影を求めたいと思う。まことに幼稚な考え方だが年老いて愚に帰ったのであろう。先日も色紙を依頼されて、

無残なり生死に迷う老いの冬

と言う句を書いた。句になっているかどうか判らないが現在の正直な心持ちです。

（昭和五十七年『愛子いとしや』より）

そ

久し振りに伺った「川口アパート」の一階ロビーの正面には、

「家の美は　心の美をつくる　　川口松太郎」

という、川口先生の自筆の額がかかっていた。以前からあったのかもしれないが、今日はなんとなく心にしみる思いがした。

エレベーターで四階まで上がり、奥まった川口家のブザーを押した。声の大きい人に悪人はいないというけれど、三益ママは声の大きい人だった。

「あら、いらっしゃい。さア、上がんなさい、上がんなさい」

と大声をあげて出迎えてくれた三益さんの代りに、今日は、長男浩さん夫人の元子さんが、ジーパンにエプロン、というかいがいしい姿で現われた。現在の川口先生の食事や身のまわりの世話は、この元子さんと家政婦さんの仕事になっている。明るい主婦の姿がないせいか、広いリビングルームが心なしか淋しい。三方の壁面は、大きく引きのばされた白黒やカラーの三益さんの写真で埋まっている。

私は、ふっとその一枚に目をとめて、写真に近づいた。三益さんが半そでのブラウスを着て、スプーンを口に運んでいるところの写真で、唇がおぼつかない感じで半分開いている。髪の毛が乱れ、眼元に元気がない。元気がないというより、およそ三益さんらしくない表情で、瞳がぼんやりと曇って焦点が定まらず、虚ろである。病気中の写真なのかもしれない。

私が最後に電話で三益さんと話したのは、思えば、三益さんが膵臓癌を宣告される寸前のことだったのだ。電話口に出てきた三益さんの声は、いつものようにはっきりして大きかったけれど、なぜが御機嫌がよくなかった。人間だから照る日曇る日があるのは当然である。私は電話を切ろうとして、挨拶がわりに、

「お正月はまた、ホノルルですか？」

と聞いた。三益さんの音声が少し落ちた。

「この間、ちょっと行ってきたんだけど、私ね、疲れちゃって、アパートからち

ょっとも出なかったの。食事も出前してもらってたのよ。

あのね、でこちゃん、私たち年をとったらホノルルで暮らそうなんて思ってたけど、年をとったらあそこはダメ。空港の外へ出ただけであの強い太陽で目まいがして。暑いのも辛かったし、年をとると応えるわ。はじめて分かったわ。でこちゃんもハワイが好きだけど、とにかく、年をとったらハワイはダメよ」

私は、なんとなくヘンだな、と思った。トシ、トシ、といったって、三益さんはまだ七十くらいだし、身体だって骨格も立派で頑丈だ。あんなに好きだったホノルルの太陽が、突然嫌いになるなんてことはあり得ない。よほど疲労していたのか、それともどこか悪いのでは？　と思ったとたんに、三益さんが言った。

「パパも神経痛だけど、私もどこか悪いらしいの」

「どこが悪いんですか？」

「それが、どこが悪いんだか……分からないの。今日も、これから病院へ行ってみようと思ってるところ」

私は、あわてて「おだいじに」と言って電話を切った。

いま考えると、あのときにはもう、三益さんの身体の中で癌があばれだしていたのかもしれない。電話口に出るのもしんどかったのかもしれない。

「すみませんでした、ごめんね」

私は、瞳の虚ろな写真に向かって、頭を下げた。


あのね、ぐっと前に戻って便利屋のお話を少ししてください。三益さんが亡くなったあとで、川口先生が新聞にお書きになったでしょう？　〝次ぎの世に生まれかわっても三益愛子を妻に持ちたい〃って。

「ああ、書いた」

そうしたら、丹羽先生でしたっけね、〃僕もやっぱりいまの家内がいい〃っておっしゃったのは。

「丹羽文雄だよ。丹羽もやっぱり、この次の世に生まれても、いまのかみさんがいい。一緒になりたいって」

いいですね。言うほうも言われるほうも幸せだ。

「三益って便利屋はさ……君も出来ないことのない人だけど、あいつも出来ないことのない女でね、子供たちにしても嫁さんたちにしても、何かあると三益のところへ相談しにゆくと何となく解決がついちまう……そういうところがあった。例えば鮭ひとつ焼くなんて細かいことでも、どうすりゃうまく焼けるかとか、まことに日常生活の細かいことを知ってたね。……人間の生活なんてのはあんた、そうそう大問題なんてのはさ……」

ありゃしません。あられちゃたまんないですよ。日常生活ってのはほとんど小さな、ささいなことの繰り返しと積み重ねです……例えば今日も、私が先生のお宅へ伺う前にお化粧してたら、松山が〝シャツのボタン一つ割れちゃった〟って、シャツを持ってきたの。じゃ、その割れちゃったボタンと同じものが家のボタン箱の中にあるのか、無ければボタン屋までさがしに行くのか、ボタン屋にもなければ全部新しいのとつけ替えるのか、そういうことをパッと判断できるのは主婦の私だけでしょう？　ボタンなんてささいなこと知るもんかって、お手伝いさんにでも頼むと、なおややこしいことになるから、ヒョイと針箱持ち出して直しちまう。主婦ってのは雑用係りの便利屋よ。私、仕事で三益さんとよく御一緒しましたけど、いつも編棒でなにか編んでたよ。これ、パパのよって。

「ああ、このテーブルセンターもね、ママが編んだ。浴衣なんか一時間くらいでサッサッと縫っちゃった。そして、たえず何かしてないと気に入らない女なんだ」

私も同じ。なんかすることないかってキョロキョロして。貧乏性なのね、おっとりしてなんかいられないの。私の場合はお姫様役者じゃないから、映画の中でも台所で何かしているシーンなんか多いんですよ。天プラ揚げたり、お米をといだり……そういうときに、いきなり大根と包丁わたされて千六本に刻めったって、生まれてはじめてじゃ出来ない。

「そりゃ無理だよ」

私が庶民役者だったからいろんなことが役に立っちゃった。三益さんもどっちかというとそうだったでしょ。

「もう全くの下町役者、裏長屋役者だよ」

結婚しても、はじめから台所へは入らないって女優さんもいますよ。そういう人はまた旦那さんのほうも賛成してるからいいんでしょう。そういう女優も必要だけど、そうじゃない人も必要です。

「しかし、梅原の奥さん、艶子夫人みたいなのもいるからねぇ」

あの方は特別ですね。文字通りの奥様で、台所などへはお入りにならない。マッチも擦れない方でしたよ、そういう奥様って、昔はいましたよね。

「艶子夫人はどういう育ちだったの？」

いいところのお嬢さんです。梅原先生とはお友達の紹介でお見合いなのね。梅原先生がお見合いの席に行ったら艶子夫人が遅刻して、先生が怒って帰りかけたところへやっと来やがったって、おっしゃってました。

「とにかく、ただジーッとしている人だったね、幸せといえばあんな幸せな人もいないねえ」

軽井沢のお宅でね、私が玄関を入っていったら、二階から梅原先生が尻はしょりのタスキ掛けで降りて来たの。先生なあに？　大掃除？　って聞いたら、いまから鮎を煮るんだって、それで台所へ入って大きな鍋をガスにかけて一升瓶さかさまにしてドボドボって一升みんな入れちゃった。そこへ十匹ばかりの鮎入れたから鮎がゆらゆら泳いじゃってる。そこへお醤油と塩入れて、煮上がるのを梅原先生はジーッとにらんでるの。艶子夫人はどうしてるかっていうと、台所へ上半身だけ入れて、先生の袖の先につかまってとっても怖そうに覗いて見てたよ。

「僕らから見れば幸せとはみえないけど、ある意味ではやっぱり幸せな人だ」

でもお二人とも別々に、私に愚痴というか不平をおっしゃってましたよ。艶子夫人の言い分は、梅原先生と結婚するときの条件に、ボクは個性の強い人間だから、君は色のつかない無色で嫁に来てくれ、余計なことをしないでくれ、って言われたから、私は何もしないのに、って。先生は先生で、ボクは確かにそう言ったけど、でもあんまり何もしなさすぎる、ひどすぎるよ、って。

「アッハッハ、そうだなァ。まあ晩年まで奇麗な人だった、あんな色の白い人はなかったよ」

大変な努力でしたね、三益さんや私なんかと違って、例えば軽井沢の同じ庭の中にある私の家まででも手袋とパラソルだもの。一緒にベニスへ行ったときなんかゴンドラの上で頭から風呂敷かぶっちゃった、日に焼けないように。でも羨ましい人ですよ。亡くなったときに梅原先生が、ママは若いときも奇麗ではあったけど、年をとるにつれてだんだん奇麗になって、死ぬ間際なんていよいよ奇麗だと思ったって。九十歳の夫からそんなこと言われるなんて女冥利につきますよ。梅原先生、おせじなんて言わないもの。

「いないねぇ、そんな人は。年とるとたいてい具合わるくなっちまうもの」

三益さんや私は、美貌で勝負ってわけにはいきませんからね。役に立ったよって言われるほうが嬉しいな。三益さんだって、川口先生に、便利な奴だったって言われて喜んでると思う。ほんとうにトコトン先生にだけは尽くしたから。集中的に。お喋りもしたでしょう？

「ああ、した。芝居の話でも役者の話でも、大体、共通点があったよね。ズッコ抜けて変に片づけたようなところもなければ、ごく当たり前なね、肩こらないよ。この、共通の話題ってのがむずかしいや。役者は山ほどいますよ、でも話相手のできる女優なんてのいるかねぇ。たまにいれば小生意気でさ、芸術論なんか振りまわされちゃかなわねえや。こういうふうにして一人でいるとねぇ、そばへ寄ってくる人もないじゃないよ。でも話をしてみると三十分ももたないや。もう、あきらめちゃったい」

このごろ、男の自立、女の自立なんてガタガタ言ってるけど、女の自立の第一条件は家事だと私は思う。家事がきちんと出来る人は他のことも出来ますよ。亭主一人満足させられないようじゃ他のこともダメでしょうね。

「そういう点では、三益はなんでもしたな。ママ、あれ、どうしようね、って言うと、例えば植木のことなら植木屋に話を聞くとかね……生活の努力を惜しまなかったよ、なんでもさ」

でも、それは誰のためでもなくて、みんな先生のためにしたんですよ。食べてくれる人がいるから美味しいものを作る。喜んでくれる人がいるから暖かいセーターを編もう。みんな先生のためですよ。私だって、松山がいないときなんか台所に突っ立ったままで鍋から直接食べたりして、いつか唇やけどしちゃった。台所だって編物だってなんだって、ほんとのことを言えば面倒くさいや。三益さんの場合はなんでも出来る上に話相手にも適当だったから、川口先生は満足したのね。川口先生が六十歳のときからですか？　三益さんときっちり暮らしたのは。

「まあ、そうだ。それまでは四軒かけもちだ」

三益さんも一緒に暮らせるようになってからは必死だったんでしょうね。やっぱり三益と一緒になってよかったって言われるために、人より努力して、先生に尽くして。

「そうかねぇ、そういうところ僕には分かんないけれど」

女はそうですよ。自分が選ばれたっていうことで大変な優越感があったでしょうし、とにかく先生一本に集中しちゃった。外的にはどうだか分からないけど。

「そりゃそうだ。誰にでもうまくなんていうわけにゃいかないやね、男だってそうだもの」

私も三益さんと似たとこあってね、松山に主婦の天才だなんておだてられて、バカだからいっしょうけんめい尽くすでしょ、そうするとくたびれちゃって、ストレスが溜まって、それが外へ向かって当たるの。あ、意地悪くなってるな、って自分で分かる。

「分かるかね」

分かる。ことに先生と一緒になる前の三益さんは、他の三人の女性のことで不安だったでしょうし、意地悪くもなるよ。

「あのねえ、こんな話はしていいかどうか分からないけど、三益と一緒になる前に僕に子供が一人いるよね」

はい、一女《かずめ》さんね。

「それの母親は死んじまって、娘もちゃんと結婚しているんだから、理解せい、って言ったんだよ、僕が。でも三益はどうしても理解しなかったなあ」

それは私も残念だと思ってます。先生のためならなんでもしたんだから一女さんのこともねえ。

「なんてことはないじゃないか。ここへさ、向こうの夫婦が来て一緒に飯食ったところで、それによって何かが生ずるってこともなし、子供たちのほうが、ママはどうして強情なのかなって言って、あっちと仲良く付き合っているのに、三益は理解しなかった」

ママの気持ちになって考えるとね、なんでもお腹の中にはしまっておけない正直な人だったでしょう。ようやく川口先生と子供たちと平和に暮らしているんだから、過去のことはもう考えるのもイヤだったんですよ。子供同士で付き合われることさえ面倒で……。もう当たらずさわらずでいたかったんでしょう。やっぱり女ですね、心が狭いというか、若いというか……。

この間ホノルルの先生のアパートで、一女さんが三益さんの使っていた台所に立ってお茶を入れるのを見たとき、人間なんていくら強情を張ったって、こんなものなんだ、ってこと。三益さんは気がつかなかったのかなァって、

つくづく思いましたよ。

「とにかく、きついところがあったよ。やはり完全な人間なんていないってことね。思いこんだらテコでも動かない一面が。自我が強くて、そういう意味ではやはり世間並みにゃなれない女だったよ」

でも先生、女優でちょいと気のきいたのはみんなそうだよ。あの人ほんとに良い人ねぇ、って言われる人は、芝居のほうはあんまり上手くないよ。

「全くその通りだ。女に限らず男もそうだよう。あらゆる芸界でそうだよ。いい人間なんだが、もうひとつだね、残念だねってのがいるよ」

上げられたり下げられたり、三益のママも大変だ。便利屋っていったってね、

便利屋にもなれない人もいるんだよ。

「そのほうが多いや。例えばさ、この間鵠沼の家へいってたときね、風呂場のガスの火が出ませんって言うんだよ、二十年もいるばあさまが。何言ってやがんだ、出なけりゃどうすりゃいいっていうんだ、ねぇ。ガス屋呼びましょうかって言うから、ガス屋呼ぶのもいいけど、それほど大袈裟なことなのかよってんだ。娘の晶が隣に住んでるんだから晶を呼んで来い。そいで晶が来てさ、チョコチョコッていじったら直っちゃった。ごらんなさい。ガス屋呼べば、来ただけで何千円だか何百円だか取ってゆく、その金を惜しむんじゃないってんだ。しかし、それが簡単に直るものかどうかくらいわからなくちゃさ」

川口先生にそんなことまで言っちゃいけませんよ。そういう下世話なことはなるべく御主人に言わないこと。ガスの火が点かないのは、先生がいま連載している「一休さん」とは関係ないよ。先生に言ったって先生がガス直すわけじゃなし。

「全くだ。俺に言ったってしょうがねぇじゃねぇか、ねえ」

運転手さんにみてもらうとか、晶ちゃんに頼むとか。自分ももちろんやってみて、それでもダメなら、ガス屋呼びます。幾らかかります。それだけ報告すりゃいいんです。

「一事が万事そうなんだ。やれ、何がダメ、かにがダメ。でも、いいとこもあってね、庭いじりが好きで庭は一人でいろいろやってる。まあ、得手不得手があるからしょうがねぇけど」

やる気があるのかないのか、それと緊張度の問題もありますよね。夫婦の場合は相手の喜びは自分の喜びだから……料理作ってもミシン踏んでも、松山はお前そんなこといつどこで覚えた？　なんてふしぎがるけど、生活に必要だから他人がやっているのを真剣に見て覚えるわけで、それが勉強になっているだけでね、なにも勉強しようと思ってしてるわけじゃないですよ。

「大体さ、努力とか勉強とかいったって、具体的にはなかなか言えないもんだよ。

僕の若いときなんか何かしなきゃメシが食えないだろう？　何か書いてこいって言われたって何を書きゃいいのか……探偵小説なら警察へ行って刑事に話を聞くとかさ、そういうことの積み重ねでね。

歌舞伎や新派、新劇いろいろ見たけど、普通の人が見るよりは、もう少し深く見るようになる、そういうものが何時か累積して身体の中に溜ってるだろう？　いつか食うためには働かなきゃならない、働くためには努力しなきゃならない。いつからどうして急に勉強しましたってことじゃないやねぇ」

命にかかわるから緊張度もちがうしね、真剣ですよ。

「学校へいって、大学も出てって人だったら別かも知れないけど、君にしても僕にしても、小学校もろくすっぽやってもらえなくてさ」

映画見たってさ、ストーリーなんか二の次で、どうしてこっちからライトが当たっているのにヘンなところに影が出るのか、とか、前のカットは右の髪の毛が下がっていたのに今度は左の毛だ、つながらないじゃないか、とか、これは何ミリで撮っているんだろうとか、このセットは大変なお金がかかってるねえ、とか、ヘンなとこばっかり見てる。

「それもね、あんまり幸せとはいえないよ」

本を読んだって、行間を読むっていうのか額面通りに受けとらないで……

「あ、そりゃダメだ。本になると僕ら全くダメ。アラを探すというんじゃないが欠点が先にみえちゃって」

因果な商売ですね。

「全くだ」

ヨッコラショッと！

「なんだい、そりゃ」

ワンタッチ・カメラですよ。

「写真もやるのかい？　忙しいね」

押せば写るからね、私でも。被写体がよければちゃんとした写真になるよ。

以前に井上靖先生とアフガニスタンへ行ったとき、ラクダの隊商に行き会って、井上先生と隊長が並んでるとこ写したら、それが井上先生のお気に召して、「井上靖」って豪華本の表紙になっちゃった。撮影代六万円くれた。写真とられてお金もらったことはあるけど、写真とってお金もらったのはじめて。

「六万円じゃカメラ買えちまうじゃないか」

うん、元とっちゃった。儲けた。……先生、いま心配なことってなんですか？

「心配は、いまは無いけど、やっぱり子供のことだ。金なんか幾らもありゃしないけど、この家とか、鵠沼とか、軽井沢にも家があるだろう？　この家はあいつにやって、とか、あっちの家は誰に、とか、馬鹿馬鹿しいことばっかり考えてさ！　そんなことどうなるか分かるもんかい、死んじまえば。親バカってものはしょうのないもンだ」

うちは子供がいませんからそんなことは考えたことないけど……死ぬ日まで親切にしてくれた人にポーンと上げたい、と思いますね。遠い親戚より近くの他人っていうじゃありませんか。

「あのねぇ、ホノルルの、俺と同じアパートにアメリカ人の建築家がいたんだよ。私立の美術館のアカデミーアート、あの建築をした人だ。その夫婦が子無しでね。カハラの方に大きな土地や家があって、骨董品もたくさん持ってる。たいへんな財産だ。その人が死ぬ前に遺言を公開してるんだよ。この人とこの人は昔から自分たちに忠実であった、いまも忠実である。この忠実が続く限り、この遺産は全部、この五人で平等に分配するようにって書いてある。その通りになった」

利口だなぁ。

「立派だと思ったよ」

勘ぐって考えればずるいやりかたとも思えるけど、気持ちがいいですね。その人たちだって、それなら早く死んでくれ、なんて思わない人たちでしょうし。

「結局はなにもかも売って五人で分けたって話だ。気持ちがいいねぇ」

あのね。ホノルルの私のアパートにも、昔大きなプランテーションを持っていたお金持ちが引退後ずっと暮らしていて、ちょうど私が行ってたとき奥さんのほうが亡くなったのね。旦那さんはショックで病院へ入っちゃったけど……。その奥さんの遺言がすてきなんです。三階のプールのある庭でずいぶん楽しませてもらったから、庭に木を寄付します、って。それで、メーンロビーに一週間に一度大きな盛花が二つ飾られているんだけど、そのお花代も、何年間分か知らないけど寄付しますっていうの。

「いいねぇ」

アパートの人も喜んで、アパートの支配人がその他に千ドル出して、亡くなった人へのサンキューパーティをやってましたよ。女のハワイアンバンドを呼んで讃美歌を歌わせて、……ほんとうにいいな、と思いました。しゃれてますよね。日本だったら、ただ、お金をポンと寄付するかもしれないけど、自分が楽しませてもらった庭をいつまでもきれいにしよう、みんなのために、なんて。

「いい話だねぇ」

私なんか、死ぬときにそんな優しい気持ちになれるかしら？　きっとダメだ、自信ない。

……先生、『愛子いとしや』の中で、死んでしまおうか、なんてことを三回くらい繰り返してお書きになってるけど、実際にはそういうわけにもいかないでしょう？

「ああ、いかないや。死ぬってことはなかなかむずかしいよ。そう簡単にはいかないよ」

ダメですよ。ここの窓から飛び降りたりしちゃ。

「あのね、死にザマのあんまり悪いのはイヤなんだよ。首くるのもねえ、ハナ垂らしたりするっていうからイヤだ」

梅原先生も一時、自殺の方法にコッていてね、いろいろ考えていらしたけど、三島みたいに血だらけになるのはイヤだし、電車に飛び込むのもバラバラになるから見苦しいし……それで私にどこかへ行って青酸カリみつけて来いって。

「青酸カリはいちばんいいや」

そんなもの手に入りませんよ。いくら梅原先生のたのみでもお断わりしますって断わっちゃった。……先生の書斎にも三益さんの写真がありますか？

「ああ、ある。三周忌が終わるまではね、写真をこのままにしておこうと思う」

書斎の写真、撮らせてください。

「あいよ、おいで」

ね

川口先生は気さくに立ち上がって、書斎へ案内してくださった。廊下のニッチに、

「我という人の心はたゞひとり
われより外に知る人はなし
潤一郎」

という、私も大好きな谷崎潤一郎先生の句の額装が掛かっていた。

書斎の壁面もまた、三益さんのポートレートやスナップで一杯だ。大きなデスクには書きかけの原稿用紙が広げられ、右横に立てられた額縁の中から三益さんの笑顔がこぼれている。三益さんの隣の額縁には、見おぼえのあるデッカイ目玉をむいたモノすごい形相の外国人の写真が入っている。

「これ、ピカソですね」

「ああ、ピカソだ」

「川口先生、ピカソのファンですか？」

「というよりさ、このピカソの写真を見てると俺、ファイトが湧くんだよ、へへ」

カメラを向けると、川口先生は笑いながら横に積まれた郵便物の整理をしはじめた。左手の薬指に、小さなまがいもののスカラベのような青い石の入った指輪がある。川口先生と三益さんが、ホノルルのお土産屋をひやかして、安物を承知で七十五ドルで買ったという思い出の指輪だ。

「息が絶えた」

私の声に気がついて婦長が瞳孔を調べた。握っている手はまだ暖《あっ》たかい。末期の水が用意されて順々に唇をぬらした。晶が私の左手を取って指輪をはめた。ホノルルで買った七十五ドルのあの安物だ。ママの指からぬき取って私の指に移したのだ。

その時まで泣かなかったのに、暗緑色の安物石を押えた途端にポロポロと涙が出た。

「パパの方が似合うわよ」とささやいた声が聞こえるようだ。涙が止まらないので目を押えながら窓ぎわへ立った。大きな牡丹雪が、暮れかかる空一面に降り出している。まるで芝居の幕切れのように。

(『愛子いとしや』より)

「俺の葬式はいらねぇよ」

『人情話　松太郎』は、昭和六十年二月に潮出版社から発行された。川口松太郎先生独特の「江戸前のべらんめえ口調」を残したい、というかねてからの私の願いが実現した聞き書きの本である。

「出版記念に、うなぎでも如何ですか？」と、築地の竹葉におさそいしたのは三月の中旬で、川口先生は「やァ〱、お前さんもうなぎも久し振りだなぁ」と、御機嫌よく椅子に腰をおろした。

つき出しにおちょこ一杯の日本酒で「出版おめでとう！」と乾盃し、白焼きを

ペロリと召しあがり、続いて蒲焼きの皿が運ばれると、

「こんなにゃ食えねえや、善チャン半分助《す》けておくれ」

と、蒲焼きの一串を松山のお皿にすべりこませた。

「今日はこれからまた鵠沼の仕事場で「一休さん」だ。ああいうものを書いていてつっかえちまうのは、いつも食いもののことだ。昔の坊さんたちはいったいどんなものを食べていたのか、そういうことが気になって困るんだ。うなぎやどじょうってわけにもいかねえしさ……」

デザートが終って、お開きの時間がきた。

「ここの勘定は俺が払うよ。もう義理を作るのはイヤなんだ」と、先生は仰言る。

「いえ、でも今日は……」と、私は言いかけてあとの言葉を呑みこんだ。以前に、先生から全く同じ言葉を聞いたことがあったのを思い出したからだった。

もう一昔も前のことで、ところはホノルル。阿川弘之先生の運転で中国料理を喰べにゆく途中で、突然、川口先生が仰言ったのだ。

「もう今後、俺は人に義理を作るのはイヤだから、俺の金がある内は全部俺が勘定を払うよ」

あのころから川口先生は、誰にでも同じ言葉をくりかえし、それを実行してらしたのだろう。頑固とか義理固い、というより、川口先生特有の美学のひとつだったのかもしれない。私はそれ以上さからうのはやめて、スンナリと甘えてうなぎを御馳走になることにした。川口先生はお勘定をすませると、店の前に待たせてあったハイヤーに「ドッコイショ！」と乗りこみ、私たちは「御馳走さまでした！」と手を振って先生を見送った。

それが、先生とのお別れになった。

川口先生の訃報を知ったのは、うなぎ屋から三カ月も経たない六月のはじめだった。先生は三月に「一休さんの道」を書きあげてから急速に衰弱し、肺炎をひきおこして六月九日に亡くなった。読みかけていた本をパタリ……と閉じられたように唐突《とうとつ》で、私はただ呆然とするばかりであった。お葬式には行かなかった。

「俺の葬式はいらねぇよ。やりたくねぇんだ」

と仰言ったべらんめえの言葉が、まだ私の耳の中に残っていたからである。

「私ごとの喧嘩沙汰で、罪もないお客を立往生させて帰すのが名人といわれる芸人のすることか、お客に何の罪がある、そんなに喧嘩がしたいのなら舞台がすんでからいくらでもやるがいい、芸人はお客が一ばん大切な筈だ、二代目の三味線などいかほど名人といわれても聴く者がなかったら名人も上手もあるものか、お客があって芸が生れるんだ」

「嶋八嶋次郎」より

川口松太郎

川口用箋

本作品は、単行本として昭和六〇年に潮出版社より、文庫本として平成二年に筑摩書房より刊行されました。巻末「俺の葬式はいらねぇよ」は本書のために書き下ろされました。

文春文庫

人情話《にんじようばなし》 松太郎《まつたろう》

定価はカバーに
表示してあります

2004年1月10日　第1刷
2004年2月20日　第2刷

著　者　高《たか》峰《みね》秀《ひで》子《こ》

発行者　白川浩司

発行所　株式会社　文藝春秋

東京都千代田区紀尾井町3-23　〒102-8008
TEL　03・3265・1211
文藝春秋ホームページ　http://www.bunshun.co.jp
文春ウェブ文庫　http://www.bunshunplaza.com

落丁、乱丁本は、お手数ですが小社営業部宛お送り下さい。送料小社負担でお取替致します。

印刷・凸版印刷　製本・加藤製本

Printed in Japan
ISBN4-16-758708-4

評伝セレクション

（　）内は解説者

塩田潮
安岡正篤 昭和の教祖
宰相吉田茂が師と仰ぎ、歴代総理が教えを乞うた陽明学者。終戦の詔勅に朱を入れ、平成改元にかかわり、リーダーの出処進退の心得を語った〝天下の指南番〟の真の姿。（岩見隆夫）
し-20-2

塩田潮
日本国憲法をつくった男 宰相幣原喜重郎
老外交官幣原喜重郎は、天皇の命によって戦後二人目の総理大臣に就任するが、それは新憲法制定という難問を背負うことでもあった。敗戦日本の進路を決めた男の評伝。（多田井喜生）
し-20-3

塩野七生
男の肖像
人間の顔は時代を象徴する。幸運と器量に恵まれた歴史上の大人物、ペリクレス、アレクサンダー大王、カエサル、織田信長、千利休、西郷隆盛、ナポレオンなど十四名を描く。（井尻千男）
し-24-1

鈴木洋史
天国と地獄 ラモス瑠偉のサッカー戦記
サッカーに興じた少年時代、日本での下積み生活、結婚、帰化。そんな日々の集大成として臨んだW杯カタール決戦での真実。日本サッカーに革命を起こした「人間」ラモスの熱き魂の軌跡。
す-12-1

関容子
役者は勘九郎 中村屋三代
「連獅子」の稽古、勘三郎はうまく踊れぬ十三歳の勘九郎に何度もやり直しを命じる。父から子、子から孫へと引きつがれる芸の厳しさを、弟子達のエピソードを交じえて描く。（中野翠）
せ-2-2

高峰秀子
私の梅原龍三郎
大芸術家にして大きな赤ん坊。四十年近くも親しく付き合った洋画の巨匠梅原龍三郎の思い出をエピソード豊かに綴ったエッセイ集。梅原描く高峰像等カラー図版・写真多数。（川本三郎）
た-37-1

（ ）内は解説者

青木新門
納棺夫日記 増補改訂版
〈納棺夫〉とは、永らく冠婚葬祭会社で死者を棺に納める仕事に従事した著者の造語である。「生」と「死」を静かに語る、読み継がれるべき刮目の書。（序文・吉村昭　解説・高史明）
あ-28-1

稲垣武
朝日新聞血風録
一方的かつ事実を歪曲してまでのソ連、中国、北朝鮮への迎合報道が社内にはびこる中、孤立無援で戦った元朝日記者による痛憤の手記。最新の朝日事情を追記した決定版。（櫻井よしこ）
い-36-1

石丸元章
ＳＰＥＥＤ スピード
覚醒剤で、人間はどう狂うか？　コカイン、ハシシ、スピード、ＬＳＤ……。取材ライターの立場から薬物中毒者へと転落した著者の、三年間の明るく壮絶なドラッグ体験記。（高橋源一郎）
い-46-1

石丸元章
アフター・スピード
留置場→拘置所→裁判所
これが犯罪者ってもんさＢａｂｙ!!　ドラッグにはまって逮捕され、拘置所で暮らした二カ月半を描いたオフビート感覚の監獄ノンフィクション。話題作『ＳＰＥＥＤ』続篇。（矢作俊彦）
い-46-2

植村直己
青春を山に賭けて
世紀の冒険野郎がなしとげた五大陸最高峰登頂の快記録。南極大陸単独横断の目標めざして、アマゾンのイカダ下りなど苛酷なまでの試練に次々と挑戦した一人の男の探検と放浪の日々。
う-1-1

植村直己
極北に駆ける
南極大陸横断の新しい夢を胸に地球最北端のイヌイット集落に住みついた冒険野郎の、村人との心温まる交流、厳しい自然との戦い。そしてさらに三千キロの単独犬ゾリ旅行に挑戦する。
う-1-2

ドキュメントと手記

（　）内は解説者

佐々淳行
美人女優と前科七犯
佐々警部補パトロール日記Ⅱ

放火、殺人、強盗傷害から犬の茶碗窃盗まで、住宅地で起きる事件を黙々と捜査する、目黒署新米主任と「刑事独立愚連隊」のデカ部屋グラフィティー。（著者インタビュー・伊丹十三）

さ-22-3

佐々淳行
連合赤軍「あさま山荘」事件

厳寒の軽井沢の山荘であのとき一体何が起きたのか？　当時現場で指揮をとった著者のメモを基に十日間にわたって繰り広げられた攻防の一部始終を克明に再現した衝撃の書。（露木茂）

さ-22-5

佐々淳行
香港領事　佐々淳行
香港マカオ暴動、サイゴン・テト攻勢

警察庁から外務省に出向した香港領事が経験した修羅場の数々。ケネディ暗殺事件調査、香港暴動での邦人救出、サイゴン日本大使館籠城。著者の危機管理人生の原点。（藤井宏昭）

さ-22-7

城山三郎
アメリカ細密バス旅行

「アメリカを見るにはバスに限る」。繁栄するアメリカ社会では人間生活は一体どうなるのか。長距離バス旅行を通して、アメリカ人とアメリカを捉えたユニークな旅行記。（田中小実昌）

し-2-10

城山三郎
静かなタフネス10の人生

大きな挫折やハンディキャップのなかから静かに立ちあがり、たしかな人生を歩みつづけた財界の重鎮十人から、彼らの生い立ち、経営、人生について、聞き書きした〃生きている話〃。

し-2-16

「少年A」の父母
「少年A」この子を生んで……
父と母悔恨の手記

十四歳の息子が、神戸連続児童殺傷事件の犯人「少年A」だったとは！　十四年にわたるAとの暮し、事件前後の家族の姿、心情を、両親が悔恨の涙とともに綴った衝撃のベストセラー。

し-37-1

（　）内は解説者

鈴木秀子
死にゆく者からの言葉
死にゆく者たちは、その瞬間、自分の人生の意味を悟り、未解決のものを解決し、不和を和解に、豊かな愛の実現をはかる。死にゆく者の最後の言葉こそ、残された者への愛と勇気である。

す-9-1

周防正行
『Shall we ダンス？』アメリカを行く
日本映画界の野茂英雄になる──『Shall we ダンス？』公開のため勇躍渡米した監督を待っていたのは、不可解なハリウッド流儀と契約至上主義ビジネスの罠だった。（桜井哲夫）
す-14-1

竹中文良
医者が癌にかかったとき
大腸癌で手術を受ける側に立たされた日赤病院の現役外科部長が、自らの患者体験と、それをふまえて医のあり方、癌告知の是非、死の問題を考えて綴った感動のエッセイ集。（保阪正康）
た-35-1

竹中文良
癌になって考えたこと
「望ましいインフォームド・コンセント」「謝礼問題の根源にあるもの」「在宅医療のこれから」など、大腸癌手術を受けた医者である著者が、予後に遭遇した問題を冷静に考察。

た-35-2

高田信也
イタリア讃歌　手作り熟年の旅
妻は絵の道具、夫はワープロと万歩計を持ってイタリアへ。お仕着せパック旅行では経験出来ない素晴しい32日間が熟年の二人を待っていた。手作り旅のガイドとして実用性も満点。

た-40-1

田宮俊作
田宮模型の仕事
子どもの頃、誰もが手にしたことのあるプラモデル。そのプラモデルはどのように誕生し、成長していったのか。「世界のタミヤ」と呼ばれるようになった田宮模型の社長が語るその歩み。

た-45-1

ドキュメントと手記

（　）内は解説者

高尾慶子
イギリス人はおかしい
日本人ハウスキーパーが見た階級社会の素顔

京都祇園の元ホステスが英国ロンドンでリドリー・スコット監督の大豪邸のハウスキーパーとして働き始めて十三年、猛烈オバさんが見聞した「英国式生活」の赤裸々な素顔。（伊藤三男）

た-49-1

高尾慶子
イギリス人はかなしい
女ひとりワーキングクラスとして英国で暮らす

『イギリス人はおかしい』第二弾。失業にも悪徳不動産屋にもめげぬ元気印のナニワ女性がズバリ書く英国論。新聞記者も大学教授も書けなかった「イギリスの素顔」。（杉恵惇宏）

た-49-2

千葉敦子
よく死ぬことは、よく生きることだ

再発をくり返す乳ガンと向き合って闘い、最期まで毎日を全力で生きた女性ジャーナリストの講演「死への準備」を始め、ホスピス見学記、三度目の再発闘病記を収録。（柏木哲夫）

ち-2-4

千葉敦子
ニューヨークの24時間

生活のテンポが速いニューヨーカーは、いかに時間と労力を節約し、整理し、人生を充実させているか。乳ガンと闘う著者が生きた、ニューヨークの朝から晩まで。（村上むつ子）

ち-2-5

千葉敦子
「死への準備」日記

いくたびもの再発ガンで声を失い小脳転移という状態に陥っても、死へ近づいていく自分自身を冷静に観察し、出来るだけ正確にレポートしようとしたジャーナリストの日記。（千葉明子）

ち-2-7

寺崎英成／マリコ・テラサキ・ミラー 編著
昭和天皇独白録

雑誌文藝春秋が発掘、掲載して内外に一大反響をまきおこした昭和天皇最後の第一級資料ついに文庫化。天皇が自ら語った昭和史の瞬間。（解説座談会 伊藤隆・児島襄・秦郁彦・半藤一利）

て-4-1